一切动词都意味着迁移

——中拉学者跨文化随笔集

史维 李詠 主编

四川文艺出版社

图书在版编目（CIP）数据

一切动词都意味着迁移：中拉学者跨文化随笔集 /
史维，李誎主编 . -- 成都：四川文艺出版社，2021.1
ISBN 978-7-5411-5798-1

Ⅰ . ①一… Ⅱ . ①史… ②李… Ⅲ . ①随笔－作品集
－中国－当代 Ⅳ . ① I267.1

中国版本图书馆 CIP 数据核字（2020）第 228123 号

本书由四川大学拉丁美洲研究所资助出版

YIQIE DONGCI DOU YIWEI ZHE QIANYI: ZHONGLA XUEZHE KUAWENHUA SUIBIJI

一切动词都意味着迁移 ：中拉学者跨文化随笔集

史维 李誎 主编

出 品 人　张庆宁
责任编辑　刘芳念
封面设计　叶　茂
责任校对　段　敏
责任印制　桑　蓉

出版发行　四川文艺出版社（成都市槐树街 2 号）
网　　址　www.scwys.com
电　　话　028-86259287（发行部）　028-86259303（编辑部）
传　　真　028-86259306

邮购地址　成都市槐树街 2 号四川文艺出版社邮购部　610031
印　　刷　成都蜀通印务有限责任公司
成品尺寸　145mm×210mm　　　　　开　本　32 开
印　　张　5.5　　　　　　　　　　字　数　110 千
版　　次　2021 年 1 月第一版　　　印　次　2021 年 1 月第一次印刷
书　　号　ISBN 978-7-5411-5798-1
定　　价　36.00 元

序

中国和拉美 跨越万里的守望

从巴西回来近半年,疫情下宅在家里,接到史维博士邀请为《中拉学者跨文化随笔集》作序的邀请时,我既开心又紧张。开心的是这几年一直能和这一批有情怀、有文化担当的青年学者保持着较为密切的联系,能够近距离地看着他们为加强中拉人文交流、促进双方的相互了解做出一步步坚实的努力,看到他们在各自领域的日渐成长并不断带动、影响着周围的学者、师生走向中拉研究;得知他们各自用心写出的这本随笔即将出版,衷心为他们感到开心,也为即将读到这本书的读者能够跟着这些青年学者的笔触和他们的故事去了解中国学者的拉美情结、拉美学者的中国追求感到幸运。但同时我也非常紧张,因为我自己只是一个孔院人,并非真正的拉美研究者,我担心对不起他们的信任、对不起他们在各自领域的付出和成就。

我从事巴西孔子学院相关的工作十五年,2012年到巴西后,致力于做好自己的本职工作,积极促进中巴间的相互了解和合作，努力将我所在的孔子学院打造成中国和巴西之间沟通的"心灵高铁"，在此过程中也接触到了越来越多曾经或正在为拉美的人文交流做出努力的各个年龄段、不同领域的学者、老师、记者、艺术工作者、外交人员等。但真正走近中拉研究领域的中青年学者，是在2015年四川大学拉丁美洲研究所与中拉青年学术共同体（CECLA）共同举办的"人文交流：中拉关系的新支柱"研讨会上。感谢会议组织者的邀请，使我有机会向大家介绍了孔子学院在中巴人文交流中扮演的角色和面临的挑战，自此接触了中拉双方人文交流领域越来越多的青年才俊。他们无论国籍、专业、肤色，每个人都在自己的领域里用心做着沟通中拉人文交流推动的工作；几年下来，和他们中的有些因为共同的拉美兴趣已经从云端的微信联系成了彼此非常信任的挚友，只要有机会大家就会约见、畅聊中拉交流各个领域的故事；也有一些只是微信神交，但只要彼此需要，一个信息，就会有热情的回应；还有一些，先是微信交往，后因会议或文化活动或其他，终于得以相见，一诉衷肠，进而成为莫逆之交。这些年，因为中国和拉美人文交流的共同话题，我们的朋友圈在不断扩大，知心朋友也在不断增多，能够一起做的活动种类也日渐多样化，其中既有多人参加的高端学术研讨会、也有几个人因着某个项目在一起喝着中国茶、哥伦比亚咖啡或是阿根廷马黛茶的拉美小聚；既有面向本硕生的专题讲座，也有微信圈里为了某个涉拉美话题或用中文、或用西语、或用葡语英语的深度"争吵"。不打不相识，因为这些，大家进一步加深了了解和互信，也由此衍生出了更多共同的话题，这几年拉美研究的圈子也跟滚雪球一般越滚越大，涉及的领域也越来越广了。

开始读《随笔》书稿是在一个阴雨天的周末，此前怀着非常虔诚的心把书稿打印了出来，一直放在书桌上，每天看着，但一直没敢开始读。拿起稿子拜读前，我又专门认真洗了手，希望不会亵渎这些让我敬佩的每一位年轻学者用心写出的自己的故事。

翻开扉页，看到目录中的四个部分"阿根廷、哥伦比亚、墨西哥、智利"，一些熟悉的景象跃然眼前，这些都是我出差去过的国家，有些国家甚至去过几次。但作为利用开会间隙去的游客，每个地方也都是匆匆而过，并没有深度的了解。此次借助疫情宅家能够静下来先睹书稿，觉得非常恍惚，思绪完全又回到了遥远而魔幻的拉美，回到了那片远隔千山万水，产生了玛雅文明、印加文明、阿兹特克文明，后被西班牙、葡萄牙等欧洲列强殖民，再经独立战争，现在处在新冠病毒肆虐影响下的令人魂牵梦萦的地方。一口气读完了全部的十篇文章，似乎还意犹未尽。八位中拉青年学者的故事引人入胜，将我们带入了他们与拉美、与中国的故事，让我们酣畅淋漓地跟着他们的文字了解了他们各自的中拉故事，体会了他们每个人心底深处冥冥中的那个情结。全书开篇的《人生的探戈》让我数度落泪，在作者娓娓道来的讲述中，我们了解他这些年的奋斗、这些年的心路历程，感动于他为了自己的坚定追求所付出的种种。跟着他的足迹，我们不但了解了阿根廷的国粹探戈，也看到了这些年以探戈为媒，中阿之间人文交流的一幕幕动人场景。我既佩服作者一路走来的执着追求，也自豪于他这些年为推动探戈在中国的推广所取得的成就，他因探戈而有的种种"幸运"也使我们仿佛置身于中阿交流的一次次活动中。

多年前曾翻译过和特诺奇蒂特兰相关的书，当年西班牙人入侵时，为了掠夺黄金对当地土著居民印第安人所实施的种种残暴行为使我义愤填膺，当时决心以后不再触碰墨西哥的历史，不再去读这段令人痛苦不堪的过往。后来出差到了墨西哥看到阿兹特克人留下的太阳金字塔、月亮金字塔，到访玛雅城市遗址奇琴伊察，参观墨西哥人类博物馆时，我惊诧于这个唯一位于北美的拉美国家历史上的辉煌，但也更痛心因历史的原因，同操西班牙语的北美西班牙后裔的撕裂。在本书中，我们跟着三位中国青年学者的足迹看到了这块土地上曾经的主人——印第安"兄弟"为了平等为了权利而斗争的故事及由此产生的种种；读到了有关"亡灵节"的文化，体会到了历史留给当今墨西哥人民的特殊的对待生死的哲学和方式；也从《小城故事》中体验到操着同一种语言、世代为邻却被美墨墙人为隔开、生活在两个不同体制的国家，也因一墙之隔而导致生活水平的巨大差异和他们与亲人、朋友由此而形成的无奈分裂。

离开北美的墨西哥南下，沿着安第斯山脉一路南行，狭长的智利这个天涯之国所特有的乡愁也让我们为之动容。而来到属于智利领土却向东距离智利大陆本土约3600公里，需乘飞机几个小时才能抵达的复活节岛，才真正让我们体会到天涯海角独有的神奇。来自中国的拉美学者带领着我们，给我们讲述着一个个动人的故事、一段段历史传奇。

书中的几位拉美学者也以他们的笔触、他们的经历、他们和中国文化的碰撞给读者们带来了别样的清新。他们在中国成立书店的过程中所体验到的文化差异、在中西文学世界里的徜徉、在中国出版的首本关于哥伦比亚文化著作及在哥伦比亚为当地人更好地理解中国文化搭建的文化之桥，加上为中哥友好城市所做出的种种付出，让在国内的中国人也深深地感受到了中拉文化相互交融过程中他们每个人的友爱付出。他们所做的点滴努力已汇成了涓涓细流影响着中拉双方越来越多的有心人士，使这两块相距万里、为山海所阻隔的大陆间的心灵距离日渐缩短，相互了解日渐增多，民心越来越相通。

"一花独放不是春，万紫千红春满园。"近年来，中拉双方高访频繁，开设西语、葡语的大学逐年增加，研究机构和人员越来越多，涉及的领域也越来越广泛。展望未来，中拉人文交流潜力无限，前景美好。期待有越来越多的中国人关注拉美、了解拉美、研究拉美，也希望更多的拉美人民把眼睛投向中国、认识中国、感知中国、了解中国。希望地球上这两个距离最远的大陆之间有更多的交往、有更多的友好使者，双方走向民心的相通。唐朝诗人王勃说"海内存知己，天涯若比邻"，期待在追求民心相通的所有人的努力下，在这个全球化的时代，经历过新冠疫情考验的中拉两块古老大陆上的人民能够有越来越多的交往，相隔千山万水、心灵相通的邻居能够继续携手走向更加美好的未来，共同继续创造我们的人类命运共同体。

本书在中国战胜新冠病毒、拉美疫情继续肆虐、中拉人民携手抗疫的时刻出版，具有非凡的意义，相信也会引起更多的关注。期待读者朋友们跟我一道，继续汇聚正能量，共同书写你、我、他，你们、我们、他们有关中拉人文交流的精彩纷呈的故事，让我们双方共同努力，继续守望我们共同的文化家园、精神家园，为增进双方的相互了解、为中拉关系的美好未来努力。

乔建珍

巴西弗鲁米嫩塞联邦大学孔子课堂中方负责人
2020年7月15日　于河北石家庄

目 录

El tango de la vida

人生的探戈

[中国] 海鸥

探戈诗人奥梅罗·曼西在1948年写了一首著名的探戈舞曲，名叫《南方》，其中有一句最经典的歌词是这样写的："你将永远看不到你本想看到的我的样子。"曼西笔下的南方是布宜诺斯艾利斯南方的一个区，那是他从小成长的地方，从懂事到成年时期，他所有的记忆都留在那里。当他成年后离开那片土地时，他的梦想就是在多年以后回到那个地方时，所有人看到的他，将不再是他离开时他们所认为的样子。而这句短短的探戈歌词也直接描述了2005年我从南方离家时的心境。

我的家在东山岛，它位于中国福建省的南端，那是我生活了二十二年的地方。但在我离开这座海岛前往世界的另一端——布宜诺斯艾利斯之前，这个海岛上的任何人，包括我自己，做梦也不会想到我如今会成为一名探戈人，一名无比幸运的探戈人，能在众人的关注和支持之下，畅游在探戈的世界里，释放我对探戈的激情。

3

显然，探戈是我生命中最重要的组成部分。在工作上我研究探戈，推广探戈；在生活中我听探戈，跳探戈，唱探戈。探戈跟我如影随形。因探戈，我活成了一个幸福的人。

当我回到南方的故乡时，我可以对每一个曾送别我的人说，你已经看不到你原本想看到的我的样子。这是源于阿根廷，源于布宜诺斯艾利斯，源于探戈对我的改变。

回首过去，这一切幸福的背后，是一场又一场的斗争，是我和人生的一场场斗争。

起点，本身就是一场斗争

1993年，我做了一场手术。手术后的半年，我才终于可以正常走路。在此之前，我基本上不会走路；更早的六岁之前，我完全不能走路。我母亲说，我是得了先天性小儿麻痹症。我不仅走不了路，双手的灵活度也很差，用四肢不发达来形容不为过。后来我知道，此前一年，伟大的探戈大师阿斯托尔·皮亚佐拉在这一年去世了。多年后，我在翻译阿斯托尔的女儿蒂亚娜·皮亚佐拉给他父亲写的传记体小说时才得知，皮亚佐拉也患有先天性小儿麻痹症。他从三岁开始连续做了七次手术。其痛苦我能想象，因为这意味着他前六次的手术基本上是失败的，只有第七次取得成功。而我到十岁时就只做了一次手术。我记得当时这个手术的成功率很低，整个病房八个人，就我的手术最成功。所以，当我翻译到皮亚佐拉做手术的片段时，一度激动得泪流满面，也许只有经历过类似的场景，才能感同身受，才能感受到一个孩子在挨刀和康复时的痛苦。

皮亚佐拉手术后的康复期间，他父亲对他说过："上帝给你关上一扇门，必定会给你打开一扇窗。"这话我父亲也对我说过。皮亚佐拉后来成了探戈历史上伟大的音乐大师，但那时的我并不知道我之后会有什么样的人生。

20世纪90年代中期，出现了一股福建人移民阿根廷的浪潮。我父亲也在这个时期随一拨老乡移民阿根廷。送父亲去厦门机场的那一年我正读初中，成绩平平，也不知道上帝给我开的另一扇窗，外面是何风景。

2002年，我高考落榜。如果是别人，可能会在周围人的鼓励之下复读重考，再一次争取考入理想中的大学。但在众人眼里一致被认为很难再考上了。于是所有人都建议我随便打点零工，或者让我父亲寄钱过来做点小生意。总而言之，像我这种手脚不麻利，读书也不给力的人，在外人眼里，也就一废人，能满足温饱就可以了。但这一年，拒绝我复读的还有我父亲，他决定把我带到阿根廷去。随之而来的是各种质疑声，我去阿根廷能干吗？我去了会给我父亲造成负担吗？高考失利和周围一致的质疑声让我更加迫切地想飞往那个遥远的地方。于是，我用父亲寄回的一套西班牙语教材开始自学。

青春无悔

在我去阿根廷之前，我父亲其实就已经把我的人生规划好了。他希望我和其他大部分旅居阿根廷的福建人一样，经营一家超市，做大了可以做连锁，多做几家店，有了店更容易娶妻生子。这是大部分居住在此的福建人的自我规划。这样经营个五六年，差不多都能成为一名中产者。十几年后，基本上可以回国买房或者搞投资。

我刚到布宜诺斯艾利斯的前半年，我父亲把我安排在他朋友开的一家超市里锻炼，让我学习超市里的各个工种的工作，好以后自己独立开店。说去锻炼，其实就是去玩。父亲所有好友都知道我的手脚不方便，没人会让我去干搬运的重活。对他们来说，我那时候的西班牙语已经说得很流利了，完全可以在那当助理，协助老板和本地供货商联系，工资高，不用干体力活，不用多久就可以自己开店了。这样的工作看起来很适合我，但这样的环境没多久我就厌倦了。

阿根廷华人超市的经营基本上千篇一律，每天十多个小时的经营时间都待在同一个地方，每天都在重复着一样的工作。我不久后发现，除了在收入上不断积累之外，基本上没有时间去做自己想做的事情，更别说去了解这个国家的一切。完全活在闭塞的世界里。

于是我决定违背我父亲的意愿，选择一条他完全反对的道路——做一名新闻记者，更让他没想到的是我一干就是七年。他一开始强烈反对，一方面担心我的安全问题，因为那时候他不知道在哪儿看到好多起记者出事儿的新闻；另一方面，他担心我胜任不了，一个连大学都没读过的人，又是刚开始学西班牙语，怎么会写文章呢？这也是他一直刺激我的点。

我和父亲的冲突最终爆发了。有一天我下班回家，他很高兴地跟我说，他花了二十多万美元在布宜诺斯艾利斯的城郊盘下一家超市，地段很好，环境很舒适，可以让我和我继母一起经营。但是那时候我刚度过杂志社的试用期，尽管我那时候的能力可以说是白纸一张，但每天都在接受新知识，虽然工资不高，但我很享受这样的过程。我把我的想法告诉我父亲，但他坚决反对，他把新超市的定金都付了，马上都可以开张了。那晚，我和父亲第一次发生正面冲突，基本上谁也说服不了谁。为了避免更加激烈的冲突，我离开餐桌出了门。我在大街上溜达了两个多小时，不断地想象两种选择的前景，我第一次为如此艰难的抉择流下了眼泪。我给杂志社裴社长打了电话，他只说，你只要坚持下来，你会变得更好。这句话像一道亮光，好像照得前面的路都光明了。我擦干眼泪回家，父亲的气也消了，看到我时只说了一句："我尊重你的选择，只要你不后悔。"然后我们各自回屋。那一刻我才发现，父子间的关系原来是很微妙的，可以吵得不可开交，也可以好如朋友。

我最终选择了在华文杂志《新大陆周刊》做记者。这是一份让我彻底蜕变的工作。那七年，在《新大陆周刊》杂志社社长裘征宇先生的栽培之下，在采写、编译、组题、调研、编辑等方面得到了充足的锻炼。他把我从一个中学能力水平的写作者，培养成一家有着二十年影响力的华文杂志的主笔。这为我日后的探戈研究打下了非常坚实的基础。我在杂志社给自己起了个笔名——海鸥，我姓欧，海岛出生，那时候的我非常渴望自己像一只海鸥那样能够自由飞翔。

探戈，神奇的魔力

我刚到布宜诺斯艾利斯时，住在弗洛雷斯区，我父亲租的公寓靠近萨米恩托铁路，每天都能听到城铁路过时轰隆隆的声音。我们住在三层，每层楼有四套公寓。每天傍晚在厨房做饭时，我总会听到从对面厨房传来神奇的歌声，非常清楚。这歌声一听就有些年头了，伴奏里还有些吱吱啦啦的电流声，那男中音有些凄凉。对于身处异国他乡的人来说，有种很强烈的代入感。我时常被这种歌声吸引，甚至傻待着就想听听到底在唱什么。那时候我基本上听不懂歌词，但就是觉得这歌声能很快把我带入一种意境当中。

不久，我经常看到对面的住户进进出出，是一对六十多岁的夫妇。我对阿根廷人的第一个印象就是从他们开始的，他们虽然外表很高冷，但其实有着强烈的亲和力。有一次我在大楼门口和他们相遇，我主动和他们说话，我把每天听到歌声之后的想法告诉他们。他们特别惊讶，很快邀请我去他们家喝茶。

一样熟悉的电梯，每天上了电梯之后我左转进家门，而这次跟着他们右转去他们家。一进门，我立即看到了一台老旧立式留声机，我的第一反应就是我每天在厨房听到的歌声就是从这里发出来的。老先生进门的第一件事情就是走近留声机，把一张老唱片放上去，那神奇的歌声就出来了，老太太则去厨房备茶。他们忙碌的间隙，我环顾这个不大的客厅，非常整洁，古香古色，几乎没有浪费的空间，可以看出每一个摆设都是他们精心布置的。留声机的右边是两个咖啡色书柜，摆满各类书籍，书柜前面有着一盏老式落地灯，灯两边放着两张沙发，前面的小茶几上还堆着几本书。留声机上方挂着一幅黑白人像，我凝视他，他戴着一顶黑色圆帽，眼神像是在歌唱，招牌式的微笑给人留下亲切感。老先生告诉我，他叫卡洛斯·加德尔，探戈歌王，他是阿根廷的全民偶像。我在家里听到的歌声就是他的声音，从留声机通过右边的客厅进入厨房再传到我家。老先生打开书柜下的一个抽屉，里面放满了探戈黑胶唱片，他说这些都是他父亲留下来的，他一直珍藏，每天都在听。他们不跳舞，但每天听探戈已成为日常生活中的组成部分，像阅读时喝马黛茶和咖啡一样重要。

　　他们家还有一件宝贝，一台班多钮手风琴，是20世纪30年代德国产的。老先生说，这台琴是他父亲的，他小时候跟着他父亲演出时，他父亲就是用这台琴演奏的。在我面前，他拉起了一小段旋律，我已经忘了曲子的名字，但很传神。他说他的职业是大学老师，探戈是他的生活。

　　这对老夫妻成了我在阿根廷的第一对朋友，我会时常去他们家做客，他们给我讲加德尔的故事，讲解加德尔在唱什么。回家后我在一个叫"所有探戈"的网站上一边读歌词，一边听探戈，一边查字典，但我发现有些单词在汉西词典里根本找不到。后来老先生告诉我，那是布宜诺斯艾利斯本土特有的俚语，他耐心地给我解释各种意思，我听不懂他就换一种方式给我解释，直到我理解为止。这样的西语学习方式让我很上瘾。我也养成了每天下班回家一边做饭喝咖啡一边听探戈的习惯。后来我在淘书时发现竟然有俚语词典，欣喜若狂。这本词典对我在探戈歌词的理解方面帮助很大。2016年探戈节期间，我在布宜诺斯艾利斯俚语研究院遇到了这本词典的作者奥斯卡尔·贡德教授，他对一个中国人在多年前就使用他编写的词典感到非常震惊。

　　我在杂志社期间主要工作之一是编译阿根廷社会文化新闻，所以每天都需要阅览文化类新闻资讯。阅读探戈的各类资讯是我的偏好。比如，哪里有免费学探戈舞蹈的，什么时候有探戈音乐会，什么时候会有探戈艺术展，等等。甚至到了8月的探戈节期间，还会做一个攻略，报道探戈节和世锦赛的盛况。正是因为职业的关系，我才可以专门关注布宜诺斯艾利斯的各种探戈活动，才可以随时去活动中感受探戈氛围，甚至可以以记者的身份在探戈活动中去体验媒体人才有的那种特殊待遇。我会将我在畅游探戈中读到的、看到的、听到的关于探戈的活动写下来，发表在《新大陆周刊》上。

成为探戈人

在阿根廷做记者这几年，尽管有很多机会和探戈亲密接触，也撰写过一些探戈的新闻报道或者介绍文字，但我对探戈的理解都很粗浅零碎。那时候我并没有想过自己会走上探戈历史的研究之路，更没有想过自己会成为一名探戈人。

2011年，我回国。

2013年夏天的一个晚上，我在北京的一个探戈舞会里放音乐。时任阿根廷大使馆文化参赞的圣地亚哥·马蒂诺带着几个阿根廷朋友来到舞会现场。跟他一起来的还有几个来参加北京国际图书博览会的阿根廷出版商。其中一位是阿根廷大陆出版社的社长豪尔赫·古巴诺沃（Jorge Gurbanov）。他一整晚都站在DJ台边上跟我聊天。第二天我应邀到北京国图参观阿根廷的展位。他跟我说他希望在中国出版一部探戈专著的中文版，作者是阿根廷国家探戈研究院的创始人奥拉西奥·费雷尔。旁边的阿根廷新闻公使吉列尔莫·德沃托极力推荐我做这本书的中文译者。

这是我在阿根廷就有的一个梦想：翻译一本中文版的探戈书，而且回国之后这个愿望愈加强烈。但是当这个机会就摆在面前时，我犹豫了。首先，这将会成为第一本中文版的探戈专著；第二，作者是阿根廷历史上最著名的探戈历史学家，而且这本书还是一本关于探戈历史的杂文随笔。我能否胜任？我翻砸了不就成罪人了，那就得等着各种吐槽拍砖了。就在我犹豫的过程中，豪尔赫对我说："你是这本书最合适的译者，理由有三：一是你在阿根廷生活多年；二是曾多年从事记者工作，中西文肯定没问题；三是你懂探戈。"

我没有拒绝的理由，就这样，我成了费雷尔的《探戈艺术的历史与变革》和安德烈斯·卡雷特罗的《探戈，社会见证者》的译者，这两本书由北京师范大学出版社出版，均获得了阿根廷外交部"南方计划"翻译基金会的资助。

刚接到这两本书时，北师大出版社的编辑王则灵老师让我选择先翻译哪一本。我通读了两本书之后，发现费雷尔的那本是历史评论，语言非常难懂，只读一遍很难读懂他的意思。而卡雷特罗的这本书偏向社会学，文字通俗易懂。于是我决定从最难的开始啃起。

《探戈艺术的历史与变革》一书的翻译难度比我想象的要大很多。首先，费雷尔写这本书的时候正值中年，这本书是对20世纪50年代之前探戈艺术史的一个宏观评论，并非一部完整的探戈编年史。它面向的读者是布宜诺斯艾利斯的探戈人。可想而知，对探戈历史毫无接触的中国读者很难读懂这本书。其次，这本书很薄，翻译成中文不到四万字，很难自成一书。在和编辑王老师的协商之后，我准备对这本书进行扩容。首先，书中出现了大量的历史人物，如果单纯出现一个人名，读者肯定无法知道这人的来历。于是我决定给书中几十个历史人物各写一篇小简介，作为译者注。少则几十上百字，一些重要的人物则上千字，独立成篇。每写一个译者注都是一个调研学习的过程。最终这本书在原文的基础上多出了三万多字的译者注，基本上接近原文字数。

经过三个多月的翻译、加注和三个多月的编辑，《探戈艺术的历史与变革》终于在第二届北京探戈节暨第二届探戈世锦赛中国区选拔赛开幕式当天，在北京国家大剧院举行发布会。神奇的是，探戈世锦赛组委会主席古斯塔沃·莫西先生正好在中国，也出席了我的新书发布会。他将一本我签过字的中文译本带回阿根廷。没过多久，他给我发来了邮件，说费雷尔大师已经拿到书了，特别激动，也特别感谢我能将本书译成中文。附件还有一张照片，是费雷尔拿着这本新书拍的照片。

从这本书的翻译中，我学会了如何进行研究性的翻译，或者说，如何在翻译中对探戈的历史现象进行研究。

第二本书《探戈，社会见证者》在2015年下半年出版。从可读性来说，第二本更加流畅，更加通俗易懂。

第一本书出来后，褒贬不一，这是我事先能想到的。褒奖的是勇气，能够挑战权威，填补空白；贬低的是中文翻译不够流畅，甚至错误不少。无论褒贬，已成无法改变的现实。我唯一能做的，就是推出新作，用新作品来改变读者的印象，用自己的文字和视角来书写探戈。然而，我只是翻译了两本探戈书而已，换句话说，我只是对两本书做了深度阅读，尚未对探戈这门艺术形成一个完整的立体的学术认识。

工欲善其事，必先利其器。我既然决定走探戈研究之路，就必须有属于自己的探戈书房。于是在第一本书出版之后，我决定前往布宜诺斯艾利斯，专门淘书。

重回布市，惊喜连连

2014年7月底，我需要回布宜诺斯艾利斯更换我的阿根廷居留证。借此机会，我准备淘一些书回来，专心研读，打算写出一批作品来。这不正是我在阿根廷做记者时训练出来的吗！

到了布宜诺斯艾利斯之后的第二天，我开始逛书店，逛旧书市场，把市面上和探戈历史与文化相关的图书全部买了下来。连续一周的时间，我买了将近三十公斤的书，其中大部分是旧书。

在布宜诺斯艾利斯淘书，特别是探戈书，可以说是痛并快乐着。布宜诺斯艾利斯的书店很少有三年前出版的书籍。所以能淘到的探戈书少之又少。我只在书店淘到三本传记：《皮亚佐拉传》《卡洛斯·加德尔传》和《阿尼巴尔·特洛伊罗传》，最后一本是费雷尔的最新作品。我在五个旧书市场淘到了一整套二十一卷本的探戈历史，平均每个地方能淘到四五本。这套书汇聚了阿根廷历史上除费雷尔之外的所有探戈学家的作品，每本书有一个大主题，涉及探戈的起源、音乐史、文学史、舞蹈史，涵盖了探戈艺术的核心主题。可以说，通过对这套书的反复阅读，探戈历史的学术体系慢慢地在我脑海里形成，我日后能够在不同场合做探戈艺术的整体介绍全靠这套书。我还在阿根廷的"自由市场"网站上找各种探戈书，但那时候还没有送货上门，每一本书都得上门去取，有些书还在布市之外的其他城市。

这次前往布宜诺斯艾利斯，最主要的任务之一就是拜访《探戈艺术的历史与变革》的作者奥拉西奥·费雷尔大师。20世纪70年代，他从蒙得维的亚移居到布宜诺斯艾利斯时，就居住在布市的一家五星级酒店里，直到2014年底去世。

费雷尔大师对探戈历史最大的贡献，是在20世纪80年代出版了一套三卷本的探戈百科全书——《探戈之书》。这套书中，第一册是历史概貌，第二册和第三册是人物辞典，图文并茂。这套书在市面上已经找不到了，我是通过一个街头报亭的老板购买到这套书的。

　　我从莫西先生那里得到了大师的电话，约好在8月初的一个午后去酒店拜访他。

　　我们在他所居住的酒店咖啡厅见面。我和八十一岁的大师都非常激动，他一直在不停地说谢谢，谢谢我将他的书翻译成中文，我也谢谢他让我有机会翻译他的书。大师穿着咖啡色西装，胸前搭配着一条艳丽的丝巾，他说话温文尔雅，语速缓慢。他说从来就没想过自己的书会在中国出版。我们第一次见面，却一见如故，他像是见到了一位好久没见的学生。我带着中文版让他签字，他在扉页上先是画了一朵小花，然后拉下一条枝干，两边写上他和他夫人露露的名字。这是我见过的最独特的签名。我一边喝着咖啡，一边听他的故事。他说最近刚完成了一本新作，叫作《探戈的最佳世纪》，这本书当时刚刚交给编辑，还没有样书。在回国之前，他让他夫人的侄子用A4纸打印出来，厚厚的一沓送给了我。

　　我们都快喝完咖啡时，他突然对我说："明天我带你参观一下阿根廷国家探戈研究院，我想聘请你作为我们的外籍研究员。"我怕我听错，反问了一句大师："对不起大师，我没听清楚，请再说一遍。"他重复了一遍，并补充了一句："你会是唯一的中国人。"我当时激动得热泪盈眶，我何德何能有如此的荣誉呢！我唯有以拥抱表达感谢。

El tango de la vida

　　第二天下午4点整，我和费雷尔大师同时出现在五月大街上的国家探戈研究院。这是一栋有着一百多年历史的老楼，门口边上就是阿根廷的百年老字号——最著名的多多尼咖啡馆。我搀扶他上楼，他带我参观了著名的探戈历史博物馆，以及以他的名字命名的活动主大厅，那是所有探戈大活动的举办地。随后他带我到秘书处，秘书长已经准备好了我的聘书，就等院长费雷尔大师签字了。签完字，大师亲手把聘书交到我手里。我感觉这份聘书沉甸甸的，像是在告诫我要继续坚守这条探戈艺术的探索之路。它像是一盏明灯，照亮了我的学术前程。当天正好赶上研究院领导委员会全体会议，我非常荣幸应邀参加了这次内部会议，大家对我的加入表示欢迎。

　　然而，对我来说这只是一系列惊喜的开始。

　　距布宜诺斯艾利斯探戈节还不到一周的时间，莫西先生致电给我，准备在探戈节期间为费雷尔大师的中文译作举行一场发布会，时间安排在8月14日，开幕式之后的第二天。很快我就在探戈节的官网上看到了发布会的介绍。如期举行的发布会由研究院时任常务副院长、探戈历史学家加布列尔·索里亚主持，后者已是现任的院长。

　　惊喜还在继续。

　　8月12日晚上，我正在一家咖啡馆里喝咖啡读书，又一次接到莫西先生的电话。他说，布宜诺斯艾利斯市政府在开

17

幕式当天要对我进行表彰，感谢我对探戈做出的贡献；而且我还会和几位国宝级大师同台领奖，如九十二岁的国宝级歌唱家阿贝托·波德斯塔，八十一岁的费雷尔大师，等等，总共二十三人。可能当时的市长马克里会亲自颁奖。后来颁奖的是文化局局长埃尔南多·隆巴尔迪。我当记者期间曾多次采访隆巴尔迪，彼此已经认识。

这是布市政府第一次把探戈杰出贡献奖颁给中国人。我深深记得，当隆巴尔迪局长把马克里市长签字的奖状颁发给我时，我说，所有领奖的人中，我对探戈的贡献是最小的，但我深知这是对我的认可，是一种责任，一种在中国推广探戈的责任，我将不负重托，努力前行。

一份聘书，一份奖状，坚定了我必须成为一名专业的探戈人的决心。

9月初我离开布宜诺斯艾利斯时，费雷尔大师还给我准备了几本他最近几年的书，并签字作为礼物赠送给我。

2016年我再一次回到布宜诺斯艾利斯淘书。这两次总共带了八十多公斤的探戈图书回来。我在北京的家里组建一个探戈书房的梦想终于得以实现。这些书成了我日后的精神食粮。

挖掘历史人物的传奇人生

对于很多中国人来说，最熟悉的探戈大师就是阿斯托

2018年中秋节，北京探戈马拉松在阿根廷驻华大使馆举行压轴探戈大舞会，近百名中外舞者在阿根廷红酒、烤肉中获得了极大的探戈享受。

2014年8月14日，阿根廷国家探戈研究院院长奥拉西奥·费雷尔给作者颁发外籍研究员证书。

尔·皮亚佐拉，他的很多代表作品在中国广为流传，他甚至被误认为是"探戈之父"。于是我决定还原一个真实的皮亚佐拉，除了他的音乐，还有他的艺术人生以及他在探戈中的地位。唯有权威才能让人信服。

2015年8月，阿根廷大陆出版社的豪尔赫再次前来北京参加国际图书博览会。让我惊喜的是，他这次带了不少探戈书来北京参展。展览结束之后他把所有跟探戈相关的书全部赠送给我。其中有一本正是我在寻找的——皮亚佐拉传记《阿斯托尔》，作者是皮亚佐拉的女儿蒂亚娜·皮亚佐拉。这本书可谓研究皮亚佐拉的最重要的作品，是他女儿与他对话之后写成的传记体小说，文中有大量皮亚佐拉的自述，再加上他女儿是记者出身，语言生动流畅，翻译出来一定会让皮亚佐拉的中国粉丝们对他有一个全新的认识。于是在豪尔赫的协调下，阿根廷校对出版社和人民日报出版社签署了版权协议，由我担任译者，同时我也再次获得了阿根廷外交部"南方计划"基金会的翻译资助。

翻译完《阿斯托尔》之后，我愈发觉得需要对一些重要的探戈历史人物进行全方位的介绍，通过人物小传的方式将一个个探戈人鲜活地展现出来。于是我在2015年底开通了我的个人微信公众号，取名为"探戈人海鸥"。公众号的特点是可以将文字、视频和音频同时呈现在一个页面上。更神奇的是，我可以在QQ音乐平台上找到几乎所有的探戈传统音乐，我可以将文字中提到的探戈作品的音频或相关视频插入进去，读者可以通过文字、图片、音视频的多重方式感受探戈的魅力。换句话说，我从一名传统的纸质媒体人转变成一名探戈自媒体人。

我重点选择了一批具有时代意义的重要人物，包括作曲家、演奏家、乐团指挥家、歌唱家、词作家以及舞蹈家。第一步是搜集和阅读资料，包括文献阅读，观看纪录片或访谈；第二步是整理这些资料，将西语资料翻译成中文；第三步才将所有的资料素材进行梳理，作成文章。整个过程其实就是一个重新学习的过程，将学习的结果经过消化之后呈现出来。我把这个系列取名为《探戈传奇》，我改变了直接翻译的方式，而是通过我的视角和思考讲述这些探戈大师的故事。虽然这样的小传不太适合微信阅读，但每一篇都具备可读性，可以从中获取有价值的内容，比如人物作品的介绍和分析、人生逸事等，这些都应该成为探戈历史文化的重要组成部分并呈献给中国读者。

在2016年回到阿根廷之后，我还有幸单独采访到两位国宝级班多钮手风琴演奏家：瓦特尔·里奥斯和维克托尔·拉瓦连，两位都是当今最具影响力的班多钮演奏家。前者是阿斯托尔·皮亚佐拉的最佳传人，我在里奥斯大师家与他进行了四个多小时的对话，酣畅淋漓，之后写出万字长文。2017年和2018年，他应邀到中国演出，获得了热烈的反响。后者拉瓦连在1959年随阿根廷著名探戈大师奥斯瓦尔多·普格列瑟到访过中国，他是当时访华的乐团中唯一还健在的乐手。当年二十三岁的他如今已经是八旬老人，但依然活跃在舞台上和班多钮教学中。我在这一次阿根廷之旅的最后一天才约到拉瓦连大师的采访，和历史制造者及亲历者面对面对话，恍如梦中。我作为一名倾听者，一名记录者，将他们的故事转述给中国的读者，实乃幸事。

探戈艺术的探索之路非常漫长，也充满无限的未知，然而我乐此不疲，做好了坚持前行的准备。幸运的是，作为一名中国人，能够代表阿根廷驻华大使馆向中国人介绍这门艺术，这不仅是一种荣幸，也是一种责任，允许我在这条路上越走越远。

Una librería extranjera en China

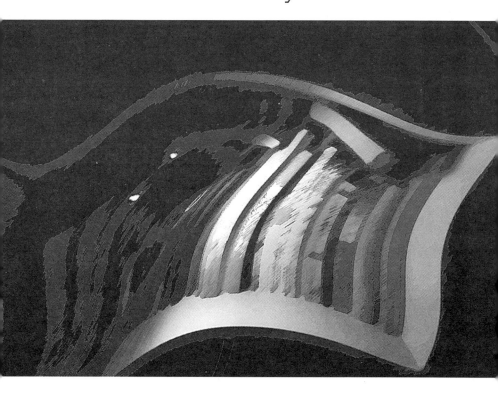

一家在中国的外国书店

[阿根廷] 芥末

严格来说，所有书店都是外国书店，因为它们都讲述了异域的世界。书店是会说话的，它的演说总是狡猾的、疯狂的。博尔赫斯有一句名言就把图书馆比作天堂。如果我们沿用这个比喻的话，那么书店就会是涤罪所。

而我认为外文书店是书店中最不外国的那种了。他们是书店里比较边缘的一个种类。它们大都有很多教材、字典和分级图书，让我觉得很不像书店。我总想起本雅明的那句名言，虽然我没再看到过，也不记得摘自哪里了："文学诞生于双重根源，一面是工匠们根深蒂固的习惯，另一面是商人们来自远方的消息。"在这样的双重根源中，也诞生了我们的这个书店——工匠、商人、杂技演员和几个疯子。但这并不重要。

我们正在中国建外国书店。我在我的身体里、我的脑海里感受它：它是一点一点地完成的。条目逐渐成形，像树的纹路一样层层叠叠的；通过纹路可以看到书店的年龄，就像一棵年迈或幼小的树，但结的果实绝对是随心所欲的；条目像海螺一样蜿蜒地形成，书架将它带进了身体。每个书架都像《华氏451度》里面的人一样：像一张地图，如果触摸它肋骨的下方，就会有书从他的眼里出现。

如果在心里触摸它，书就会出现。

如果在童年触碰它，书就会出现。

如果在钱夹里寻找它，书就会出现。

每个书架都是一句话，结束于一个空旷而阳光充足的房间。

因为就是这样：它是由书组成的。书店也许不是世界上最好的地方，但它与之接近。

与图书馆不同，书店有些不纯洁的东西——商业，图书馆是纯净的，书店是不纯净的。显然一旦有人打开第一本书，书店的纯净就被破坏掉了。

在美梦中，博尔赫斯看到天堂以"图书馆的模样"出现。活火山的山口从天空降临——那是图书馆明亮的入口。里面的一切都非常平静，伴随它的是安静的书籍。塞萨尔·艾拉（César Aira）则会回答他："如果真的有世界末日，那才应该是图书馆的模样。"

但有时受伤、伤得很严重的时候，邪恶之书会出现在博尔赫斯的梦中：他的噩梦里，字母互相混合、句子失去意义，简直是地狱。四行诗中写得很清楚，对他来说就是这样：秩序——天堂——混乱——地狱。

博尔赫斯眼中的天堂是一个安静的图书馆，里面有图书管理员和卡片。地狱则是一本怪诞无常的书，没人看的时候就会失去它的意义。

但是，这一切与宗教有什么关系呢？如果没有信仰、迷信和激情，那文学就不会成立。在它的世界里，滔滔的黑色河流苏醒，受伤的怪兽沉睡；它们睡着，不想醒来。或者完全相反，它们遭受着严重的失眠。每天晚上，受伤的怪兽坚持不懈地打开他们的个人档案，那是不再被人记住的梦境；他们独自在那里，几乎穿过了镜子的屏障。

嗯，书店里是有文学的（滔滔不绝的河流、怪物），但它是用来出售的。这是不那么神圣的东西，就好像是对文学的一种侮辱。人们把它买下来，这完全是一种挑衅。

我们不记得自己在什么情况下开了一家书店，但我知道有一天它开业了，里面永远充满着梦想和恐惧。就像现在一样，我在书店里写着这篇文章，用全身心的爱看着每一个角落。

人们总问我为什么要在中国开书店，为什么是在中国。那是因为我在中国生活。因为在中国生活，所以要在中国开书店。是的，中国对我来说，首先是我童年想象中的地方——一个假想的地方。孩童时代的我眼中的中国是虚幻的，里面住着龙，也住着我那些年在某一个下午去世的祖父。

他们在黄昏的时候发现了我的祖父，当时他躺在厨房的地板上。虽然我没有看到他躺的位置，但从此他在我的想象中是这样的：临终前，他穿着蓝色衬衫，袖子卷着，脚上穿着棕色的鞋子，一条腿伸着。

最终，这是逝者会做的事情——他们不会上天堂，也不会投胎进入轮回，而是会进入那些认识他们的人的脑海中。

中国是想象中的地方（在一个有点怪、有点傻的男孩眼中）。童年时代的我无法得知，多年后它会变得如此真实，就像我在家一点一点地失去了童年，丢失了衣服一样，与此同时生活的泡沫逐渐升起。

那些年我也无法得知中国正在发生改变，这些改变让它逐渐走到了世界舞台的中心。这就是它变得真实的方法，它在遥远的数百万人眼中——比如我的眼中——曾经只是模糊的地理位置而已。

中国是想象中的地方，就像那时大部分东西一样。

岁月流逝——我的祖父在一个贫穷墓地的旧盒子里逐渐消融。多年过去，我搬到了另一个曾经存在于我的想象中的地方——巴黎。著名的灯影交错的文学圣地。我在那里很开心，但还是觉得少了点什么。

我想去中国。法国少了点什么。我觉得我在寻找不同的感觉，而在巴黎我总辗转于同一个知识领域，差不多是这样。

我开始存钱，然后2008年我来中国待了三个月，学中文、写作、旅行。

这趟旅行非常棒，我认识了一些人，他们日后成了我亲密的朋友，如今对我的生活非常重要。

回到巴黎后，我认识了一个中国人组成的乐团（现在已经和他们失去联系了），叫"王"（Les Wang），因为他们总去一个叫"王"的餐厅。

我便开始写关于他们的书。他们唱中文版的法语歌，用他们发明的乐器——他们把在街上看到的东西同欧洲乐器与中国传统乐器结合在一起。那本书的名字将会叫《中国人》（Los Chinos）。但2011年他们去蒙彼利埃了，他们中的一个人——或者说他们中一个人的妻子——继承了一个豪宅，然后我就没有经常看到他们了，没法再继续进行这项系统的工作。

当时是这样：每天下午七点，我去他们排练的公寓，记录下我看到和听到的一切。

下面是一个随机片段：

丹尼尔（在巴黎取的法语名字）在吃披萨。/他一边咬披萨饼，一边用他滥用的版本：中法式布鲁斯，用中文唱《丁香站检票员》（Le poinçonneur de lila）。隔壁房间有人在咳嗽/米歇尔正在画画/丹尼尔直接把披萨饼搁在桌子上（王不用盘子或餐具！）然后开始用中文喊出他自创版本的《丁香站检票员》/米歇尔抬头看/米歇尔说：得在年轻人中传播节奏理论。

好了，这是笔记中一小时的内容。这个工作持续了将近一年的时间。他们让我更加了解中国。

我告诉自己我得在中国长时间生活才行。我不太清楚多长时间算"长"，也不清楚到底什么时候会去中国。到了2011年，我和"王"一起去了上海，他们去其中一个人的亲戚的酒吧里表演：但演出彻底失败了。人们不喜欢"王"装扮成巨大的泰迪熊，开始演奏时还互相亲吻了十五分钟。这个节目名字叫"海市蜃楼"，演出结束的时候他们发了传单，解释了这个想法。问题是很少有人坚持到节目最后还没走。

实验艺术随着时间流逝了。对我而言，"王"是法国和中国之间交流的极致。但随着时间的推移，那些让我欣赏的闪光点已经不复存在了。

2012年我收到一封邮件，让我激动得跳了起来：他们推荐我去北京的首都师范大学当老师。虽然我很开心，但是那时我还是犹豫了：我当时在巴黎生活，离开那里并不容易，即使只是暂时的。

我来了北京，跟自己和女朋友保证这只不过是一个学期。但我在撒谎。现在我意识到当时我知道自己在说谎。我说谎是为了让这趟旅途成行。当初如果接受了我要待好些年的这个事实，我根本就不会踏上飞机。

作者来到中国，并留在中国开书店。

仟雨集书店内景。

我无耻地撒谎，更糟糕的是我甚至没有勇气接受（即使是在内心！）自己撒谎。我知道即将发生什么：我不会回巴黎了，再也不会了。

我当时就知道！

但同时又不是这样，我不知道。我完全想不到。我没法知道这事，谁能预见未来呢？没人可以。然而……

最开始的时候——最开始那几年——我很想念巴黎。除了我亲近的人之外，我很想念那座城市。就好像是活在身体里的另一个身体。然后这个身体一点点变得模糊，一点点失去实体。

大学课程进展得很顺利。没有什么比聊文学更让我喜欢的了。特别是西班牙文学和拉丁美洲文学。我对西班牙哲学家古斯塔沃·布埃诺（Gustavo Bueno）越是狂热，我就越快乐。

但是我渐渐发现我开始习惯于倾听学生们的想法。我来之前已经对高乔文化、现代主义、魔幻现实主义、博尔赫斯、科塔萨尔等等的内容有了自己的解读。但在这里，他们以一种新的方式去阅读它们，很重要的是没有迷失自我。

有一次我们读了《公园续幕》（Continuidad de los parques），科塔萨尔的故事中的人物最开始欺骗了读者，然后杀了他，这在学生中掀起了波澜——"他们把角钉在了他身上！"就像他们说的。

我们开始聊，很快我就意识到，在学生们的想象中，这个故事的主角是中国人，环境也是中国的环境。这彻底改变了我对这篇文章以往的解读，甚至改变了我对阿根廷文学的解读。

我意识到阿根廷人总把阿根廷文学当作世界上最重要的文学，并对它抱有一种僵化的敬畏。而在相隔甚远的中国读这本书，给我一种野性的自由。

例如《法昆多：文明与野蛮》（Civilización o Barbarie）中的二分法。有时我发现我对待它们的态度过于认真了，其实也不至于这样。高乔文化——我打心眼儿里喜欢，因为我觉得这种来自平原的音乐是我们贫瘠国家创造的最好的东西——在中国则充满了新的解读空间。

我重新获得了一种自由，我读博尔赫斯的时候失去了它，就像德国人必须读歌德、英国人必须读莎士比亚一样。但当没有强有力的传统加持时，我们就可以随便地读所有作品。在中国我想到了这一点，这要感谢我的学生，他们正确地把高乔文学和科塔萨尔视作世界文学全景图中的一种文学，仅此而已。

这种对文学的距离感随后蔓延到了其他领域，我觉得这让我想到了很多以前视为理所当然的事情。我发现很多东西我从来没有质疑过。它们就是这样，或好或坏，但我从来没有问过它们是否真的是这样、为什么会是这样。

出于这个原因，我留在了中国。一直以来它迫使我重新思考并试图理解：理解我的文化、理解中国。当然，我并不理解，我不太明白。

有天下午我在学校里看见一张巨幅海报，是的，——读者应该已经猜到了！——"王"要来北京表演。我给他们写了电子邮件，抱怨他们之前没有通知我，但他们没回复。

没关系，我还是去看他们表演了。很难解释他们那天晚上做了什么。表演开始，乐队中的四个成员在打扑克牌，渐渐地他们开始脱衣服，有时有人会拿出吉他来弹鲍里斯·维昂（Boris Vian）的曲子。然后有人冲进来了——不难猜到这是表演的一部分——然后表演在殴打中结束了。

我不想去跟他们打招呼：我感觉被冒犯了，因为他们没有提前通知我他们要来北京，他们知道我住在这的。就在那天晚上，我决定搁置写"王"的工作。这是我关于中国、以及我与中国之间的关系的书。它讲的是几个第二代中国人在巴黎郊区的贫困地区玩怪异艺术的故事。

也就是那时候我告诉自己我也不会再回巴黎了（虽然很可能就像我说的，我早就知道了）。那时候我想，就像我在巴黎开了一个小出版社那样，我也可以在中国开一个。

我已经想象到中国读者手里拿着我们出版社出的书的样子了。我对这个想法很兴奋、很满意。我邀请了两个朋友，然后开始工作。

他们两人都在中国生活了很长时间，是少数很了解这边文化环境的外国人。

我们很快就开始开会，我们发现这个项目超越了简单的像传统书店一样卖书的想法。我们肩负着重要的任务，要成为中国和西语国家之间的桥梁。很显然，中国文化和我们称之为西语文化（hispanidad）的文化，两种文化之间互相存在着巨大的兴趣，但也存在着遥远的距离。

中国出版商希望更多接触西班牙语，想找西语作家，但他们没有门路；拉美作家做梦都想看到他们的作品被翻译成汉字，但对他们而言可能是下辈子才能实现的梦想了。而我们处于他们中间，像一座桥梁。

因此我们开始当代理商，帮助中国与西语国家的出版社联系。

与此同时，拥有一家书店的旧梦愈加强烈。不是像博尔赫斯的天堂那样的图书馆，而是书店。我不知道书店是否就是资本主义下的图书馆。

我在祖父的五金店长大，幸福地度过了我的童年。从清晨时分开始，卡车苏醒过来，打开店门，我祖父的员工们就来了，他们带着笑容，充满活力，感染着我。

我不知道怎么会有那么多关于这个商店的回忆。我什么时候去上的学呢？但这就是回忆的特点，它会骗人。当然，我有夏天的记忆，我把它们延伸了，就好像整个童年都是那样似的。此外，也不可能所有的回忆都是那么愉快的，这不现实（但记忆和现实几乎无关，与欲望和恐惧倒有很大关系）。

另一方面，我知悉我父母的精神世界。他们是心理学家，会讨论当今弗洛伊德精神分析的有效性这类荒谬而有趣的事情。我记得一些特别使人容易联想的东西，比如"肛门阶段""镜像阶段""好的乳房——坏的乳房"。当然，我什么都不懂。直到今天我都觉得这些东西没有太多科学价值，但有很大的文学价值。再后来我父亲放弃了心理学，专心致力于文学。

上午我离开五金店，然后去我父亲家（时间推移，我父母现在分居了，他们的婚姻也像我祖父结实的身躯一样腐烂掉了），他总是和我聊书。他是塞万提斯的爱好者，常常用堂吉诃德式的句子跟我说话，"我牙齿的疼痛超过它之必要""狗养的，这书真是好极了""添上一道鸽肉"。

也许开书店的想法融合了我长大的两个世界：祖父的五金店和父母的书本世界。

在中国生活了几个月之后，我发现很难找到西班牙语书。所以我开始请出版商朋友给我寄到家里来。后来我开始在网上卖书。看到人们对西语书很感兴趣，我们开始找地方开店。

然后，北京塞万提斯学院的院长让我们有机会在塞院里面有了一个地方，实际上这就是它该在的位置。这件事给我们很大鼓舞。我们开始卖了很多书，而且因为我们有了实体店，在网上甚至卖得更多。

我们给书店起名叫"仟雨集"（Mil Gotas），以纪念塞萨尔·艾拉（César Aira）的书。一方面是为了把书店与这位伟大的解放作家连接起来，另一方面是考虑到西班牙语的多样性。奇怪的是，我另一个和中国很有渊源的朋友在巴黎开了家西语美洲书店，取名叫"佰火集"（Cien Fuegos）。这两个名字相辅相成，是我们想要的。"仟雨集""佰火集"，我想这两个名字可以理解为西语世界由某种元素构成它的多样性，就像水和火一样强大。

不止如此，他还给书店写了一个副标题："巴黎最后一家西班牙语美洲书店"。而我们则给自己添上了一笔："中国第一家西班牙语美洲书店"。

我觉得这两句话是有意义的，他们都是一种感觉。对中国而言，西语美洲世界的一切都在苏醒，一切似乎都是第一次发生。当然，这只是一种感觉——有几代西班牙人开辟了道路，如今他们都还在。但同时在欧洲，西语美洲世界在减缓它的步伐，似乎一切都是最后一次诗意地发生。

因此，"仟雨集"渐渐成了一个喜欢西语美洲文化的人的聚会场所。现在我们有出版社和文稿代理商，我们想把我们的行为领域拓展到造型艺术和视听艺术上。

在这样一个承载着数世纪与几千年历史的文化中体会到这种年轻感是很奇怪的。一切似乎都很新鲜，充满活力。与此同时，你会感觉到中国人身上那种浓厚的文化底蕴。在中国文化的浪潮中，新旧文化此起彼伏，交相辉映。

我们在北京受到了热情的款待。我们的想法本来只是推进一个小项目，类似于朋友之间的私密的项目。然而令我们惊讶的是，开业没几天就有很多人来问候我们，比如来自中国、阿根廷和西班牙的一些记者，还收到了无数条支持这个项目的短信。

我认为中国的每一个变动都是热情洋溢的，这就是为什么开个小书店的想法很幸运。确实，很多在其他地方萎靡的东西在中国却充满了活力、热情，甚至有一种初生的天真。

比如，我认为，在地球的这一面有着对博尔赫斯的全新解读。它是一种坦然自若且非常有价值的阅读方式。而在其他国家，博尔赫斯已经被读了一遍又一遍，也被尽可能地正确或错误地解释了一遍又一遍。在这里出现了博尔赫斯迄今为止未发表过的作品的中文版，有的年轻人在读，那种感觉就像他几个月前才写出了最伟大的作品一样，人们一直都该用这种力量去阅读。博尔赫斯是在中国出版作品最多的拉美作家。

上海造型艺术家胡欣画的蒙娜丽莎就像卢浮宫那幅一样。"我花了大约三年时间，因为不想让哪怕一片小小的阴

开在重庆的仟雨集书店。

影不同"，当我在他满是蒙娜丽莎草稿的家里采访他时，他对我说，可以预见到，他是受了皮埃尔·梅纳德（Pierre Menard）的启发。

让我们记住博尔赫斯的那个故事，是关于一个作家，他的主要作品是《堂吉诃德》的一个片段，恰好与塞万提斯的片段完全吻合。

我徒劳地试图说服胡欣把他画的蒙娜丽莎的草稿展出，因为那些草稿太好了。但他拒绝了我，说：皮埃尔·梅纳德就扔了他所有的草稿，所以他也该做一样的事。

有块布上的风景部分已经完成，脸画了一半，其他的部分用浅墨色勾勒出了轮廓。就我个人的喜好而言，这幅画比达·芬奇的作品更优美。

无论如何，胡欣的作品附有小小的解释。这就是概念艺术。

正如我们刚刚所说的那样，文学也是一种信仰。我认为，塞萨尔·艾拉（又一次说到艾拉和博尔赫斯，我觉得我每天都在思考他们）说宗教是穷人或没文化的人的文学。我们同样也可以说文学是文化人的宗教，因为它取决于某种虔诚的精神，它似乎总是如悬在线（一旦读者改变观念，它就完全消失了）。

有时候我会难受地想到一群年轻的天才涌现，然后证明一切都只是谎言：博尔赫斯，卡夫卡，塞万提斯，乔伊斯，任何人。用新的方式阅读这些人可能会很糟糕。

对于我们这些欣赏着他们作品长大、被这么多作家哺育的人来说，这是严重的损失，是最大的损失之一，因为对他们的爱已经成了我们人格的一部分。但这是为了一件很好的事情，为了文学的更新。

但目前看来还很遥远。

中国除外。因为这里阅读的方式是不一样的，没有我们背负的十字架似的偏见。

比如说，我从来没有，哪怕一次，在世界的另一端遇见同时是博尔赫斯和科尔贺粉丝的人。画家胡欣就是这样（他还说了他读的许多当代文学）。

我最终保留了这些资料，因为我觉得特别惊人，非常的"博尔赫斯"。在与科尔贺或哈利·波特的同一层面上解读博尔赫斯或塞万提斯，"难道不是对微小的心灵指示的充分创新吗"？（就像博尔赫斯的故事里说的）

鉴于在北京的经历十分美好，塞万提斯学院给我们在上海提供了一个地方，所以我们开始朝这个方向努力。我们又开了一个店，现在还在建设中，希望能成为更加坚固的桥梁。

我们希望捕获到鱼或者类似的东西：一点密集、快速、容易跟阴影混淆起来的生命。这是值得被铭记的东西，出于某些子虚乌有、却又并非不存在的原因——这是我们一直在四处寻觅的。

城市，是一个有着熙熙攘攘的雕像、小动物般的寂寞、直上云霄的塔楼的世界。毗邻的是纯净的沙子，还有无边无际的旋涡状大海，向每颗星敞开和合上它的怀抱。

我们在上海寻觅着，然后托一个重庆朋友的福，我们在重庆这个奇妙的城市里组建起了一个地方。

这个城市在我看到它的第一眼起就给我留下了深刻的印象。每次我看到在山与山之间建起的城市就会这样。然后我走近河流，可以看见粉色和金色的河岸。每天太阳从山间落下，那是种极致的美。

事物的终极之美是存在于天空和水中的。有的建筑物在黄昏时亮起，伴着重庆闻名遐迩的晚霞，开始抖动起来。我常常想象成千上万的人住在里面的生活。这种亲密感让我感动。在这个想象的地方我感觉很安全。

天空夺目地燃烧着，逐渐变成强烈的金色，夜晚随之到来。我们像深沉的河岸一般沉默，倾听着无数脆弱的声音。

伟大的林语堂说："风光之美一半在其地方，另一半则在观赏风景之人。"在这里，一半的风光之美傲然挺立。心变得巨大，跳动起来。在重庆，自然的茂密风光和都市的繁荣之景与市民的平静安宁和慷慨谦卑相互映衬。人们十分友好，总是笑脸盈盈。

作为外国人我也看到了一些东西：所有在重庆的外国人都很开心，都想在那儿待很多年。现在的重庆就是十年前我第一次去北京的样子，对外国人来说是一个充满机遇的地方，因为需求很大而供应很少。但北京现在已经成为像欧洲各国首都那样的城市，竞争很大，物价很高。也许这就是在重庆的外国人更开心的原因吧……他们的生活更轻松。

至于食物……重庆的食物是世界上最好吃的食物之一。四川菜和重庆菜都是。很多本地人都会惊讶地看我，因为我能吃辣。吃重庆火锅是一种刺激又愉快的体验。我觉得它以优雅的智慧，将野性——烫肉然后吃——与精致——精心融合多年来不断完善的香料——结合在一起。

书店开幕式后我们和客人们聊天。有人提出建立一个交换书架，人们可以捐书然后拿书。我们开始深化这个想法，我们谈到捐书的人可以写一个标注，说说他和这本书的故事，为什么要把它捐出来。没有什么比被用过、被读过、历久弥新的书更美的了。听说读者会用心填满书页，然后留在那里，等着第二次被人探索。一本书，装载着匿名的、被爱的读者的颤抖与梦境……在这个光怪陆离的星球上我们还能要求什么呢？

Todo verbo implica desplazarse

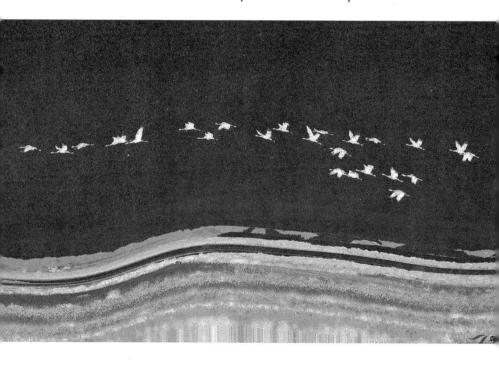

一切动词都意味着迁移

[阿根廷] 萨尔瓦多·马里纳罗

Todo verbo implica desplazarse

我

种经典的词源学说法指出，中文的表意字"我"由两
部分组成：一边是手，一边是兵器（戈）。由此，可
以说一个人是能够自我保护的个体，或者说，有要去保护的
东西。确实，在古代这个字指的就是一种象征着自由、统治
和男子气概的兵器。然而，对我来说，这个字就像一个拿着
手提箱的人。我飞行了足足三十四个小时，并在伊斯坦布尔
中转停留过后，终于到达了上海浦东机场。

"我要去地球的另一边"，我的朋友和兄弟们一次又一
次地问我"你要去哪儿"的时候，我都是这样回答他们的。
在我离开布宜诺斯艾利斯的前几周，我感觉到了一种特别的
自由。我曾经做过的种种都不再会有结果，因为我即将要在
这个世界的另一边度过很长的一段日子。离开这个生活了快
十年的城市前，余下的时间都被我用来在这里进行一场告别

仪式。我看了在我脑海里的想看列表上的所有作品，走遍我曾经驻足写作过的那些咖啡馆，尽情享用红酒和烤肉，也开始和一个女孩出去约会，与她之间，我唯一确信的就是我们共同度过的时光。当然，与这样的自由相伴而生的，只能是愈发增长的痛苦，由肾上腺素无声地置于我大脑的最深处。一天下午，我打开公寓大门，在那些都包装好的家具和搬家公司的众多柳条筐之间，我看到那一箱箱书——足以被称作我的图书馆。由于我们家的老传统，我一直保存着它们，每一本都完整无瑕，没有被售卖过、被送人或是扔进垃圾桶。这传统的结果正堆在我面前的地板上，一个箱子接着一个箱子，仿佛一直能抵达天空。那时我把自己想作一个遭受海难的人，沉浮在语言的海洋中，必须要在一页又一页的书中选出用西班牙语所能表达出的最美的语句，才能寻得一座荒岛。因此，我想撕下书页，剪下这些语句，粘在一个笔记本上，作为我最后的西班牙语选集。可是想到这个"图书馆"里的书籍将被撕毁和破坏，我又停了下来。尽管这两者（那个集合了"最受喜爱"的笔记本和放置着"残余物"的图书馆）会共同构成一场文学的告别仪式，我还是放弃了；相反，我最后选择的寥寥无几：只有三本书，再无其他。我把它们放在我箱子的最上面，用力地拉上拉链，我便觉得我再没有什么需要保护的了。这次中国之旅因为这种抛却所有的感觉变得更加吸引人了。我彻彻底底地放下了一切。

他们

无须赘述，上海浦东机场是我此生见过最大的机场。我背着包走过白色灯光下的大理石长廊，走过电动传送带，通过两个、三个、四个安检口，等到了我的箱子。我在洗手间换了件T恤（我不想脏兮兮地来到上海），然后穿过一道自动玻璃门，终于见到了外面的世界。那儿就像个T台，西装革履的男人、秘书打扮的女人、跨国公司的代理人、酒店管理，以及大量的出租车司机（"先生，先生，你去哪？"），他们都举着写有名字的牌子，纷繁地堆叠在一起，直叫人眼花缭乱。

他们试图把我认成"史密斯和兄弟"的史密斯先生，抑或是和妻子来度假的克拉克先生。然而实际上我在找王教授——我和他从三个月前就一直保持联系，并且约定好今天他来机场等我。这一群人我都寻遍了，却没有认出任何人，也没有看到写有我名字的牌子。有那么一瞬间，我想是否我被忽视了，被认为不重要。在人来人往的机场，我发现自己并没有找到王教授的方式，甚至，连上海大学的这整个项目也变得荒唐起来。我千里迢迢来到世界的另一端读博士，也许还要在拉美研究机构工作，到底是为了什么？这件事听起来就不太靠谱。我走到一处座椅前坐下。我一度想到，若按庄子的思想，我现在的经历其实是另一个人梦的反映，而那个人正在梦里作为一个阿根廷人去旅行。幸好在这时，一个穿着充气夹克的光头高个男人打断了我形而上的胡思乱想。他向我伸出手，用西班牙语问道：

"您就是马里纳罗先生吗？"

我想跟他说不是的，我知道的唯一一个马里纳罗先生是我的父亲。然而王教授已经拿过了我的箱子，招呼着"走吧走吧"带我走向出租车停靠站。我们上了停在那里的第一辆车，王教授简单几句话指明了大学的方向后，我们两个便陷在后座里沉默无言。我看向窗外高低交错的公路，一幢幢建筑物的玻璃外墙反射出金黄色的夕阳余晖，被远远地包裹在白色的薄雾中。看到街上的人们时，我感到些许宽慰。汽车有四个轮子，斑马线是白色的，树看起来就是树的样子。归根结底，现实基本上还是我所认知的样子。只不过，除了那些广告牌和路标上的在我四周围绕的这种语言。刚到中国的第一感觉让我想到了由名词"人"和副词"也"组成的——"他"这个汉字。最好的消除距离感的方法，就是你要认识到另一个人也同样有着愿望、期待和烦恼（比如，星期日的一整个下午都在浦东机场寻找一名交换留学生）。在这种换位思考的过程中，别人的想法就会显而易见。

很久以后，我问过王教授当时是怎样在浦东机场的人海中认出我的。

"因为所有的阿根廷人都一样。"他回答。

诗

我第一次接触到中国诗歌是通过埃兹拉·庞德的《神州集》（Cathay）。罗贝托·波拉尼奥曾经说过，书籍就像一个神秘的星座，读者可以借一本书到达另一本书；我正是这样，通过波拉尼奥的《荒野侦探》认识了庞德。波拉尼奥在这本小说里花了几页的功夫描写庞德在比萨的监狱里度过的几周时光。作为最先抵达北美的英国人的后代，庞德却在意大利变成了墨索里尼的支持者。第二次世界大战结束后，他被军方逮捕，因叛国罪被带上法庭，最后又因被判精神失常而免于受绞刑。据说在入狱期间，庞德带了两本书，一本中国古典诗歌集，一本塞万提斯的《堂吉诃德》——他用它们当枕头。

庞德的作品构建了一种缺乏包容的风格，不断在高雅和贫乏之间摇摆徘徊。在最基本的层面，他借鉴了其他文化和语言。他的大部分诗歌是普罗旺斯诗歌、炼金术士充满魔力的语句以及希腊和拉丁诗歌的再创作。然而，《神州集》是对中国古诗，尤其是李白的诗的再创作。最终的作品和原文相比可以说是面目全非。庞德不会中文，他看的诗是英国汉学家恩内斯特·费诺罗萨注释的版本；而我看他的书，则是西班牙语版本的。这最终经过三次翻译，在这个过程中已经难以分清究竟哪些来自作者，哪些又是原文了。"翻译即背叛"，这里便是一个来自东方文学的例子：

> 微雨落在轻薄的灰尘之上。
> 花园里的柳树，
> 显得愈发碧绿，
> 可是您，先生，请在离去前再喝一杯酒，
> 因为走出那离去的门便再无朋友相伴。

> （附原文：王维《送元二使安西》
> 渭城朝雨浥轻尘，客舍青青柳色新。
> 劝君更尽一杯酒，西出阳关无故人。）

庞德认为这些译本应归属于他们各自语言的财富，并与其他的文学传统交流对话。他作品的有趣之处恰恰在于这种对话的主题。

我第一次去北京时，得到了一本李白诗集的"可靠版本"。在必去的长城、故宫和颐和园之旅间隙，我在北京出版社书店买到了这本双语版的诗集，直到今天我还在努力读懂它。我得说西班牙语的版本没有这样的强烈冲击。庞德把这些诗挑选过滤，尽可能简洁地表述出来，留白和讲述共同形成了一种语言风格，效果被浓缩在了缺席和被删去的地方。和往常一样，文学呼吁最终的寂静。

这种表达与美学的感觉在汉字"诗"中体现了出来：话语（讠）需要空间（寺）。乔治·巴塔耶认为正是诗歌的无用（任何文学都是无用的）使它得以成为神圣的词语。

书法

一个朋友邀我前往一场书法展览。在经典的作家和四大流派的书法大师的作品中，也放入了一些初学者的作品来展现对比和不同。我在一幅书法前驻足，作品的笔画龙飞凤舞，给我一种潦草匆忙（或者说现代特色）的感觉。

"你觉得如何？"我朋友问我。

"我喜欢这个。"

"这个？……这写得很差啊。"

她又带我去另一幅卷轴前，跟刚才那幅基本上完全一样。她问我喜不喜欢这幅，我说"嗯嗯，很漂亮"。没有办法分辨出旧的还是新的，真迹还是赝品，我仿佛被无意义的各种笔画环绕。我看到的都是最单纯的表面，那些形状、线条、色彩和圆圈，却无法理解更深层次的东西。那些别人认为非常珍贵的准则方法，我完全缺乏。在一无所知的情况下去探索和感知一种拥有流派、传统和悠久历史的艺术形式，这让我重新面临外国事物这个难题。我明白了，我对中国的认识，多多少少需要一点翻译。

庞德和原文之间的冲突来自语言层面的影响。中文的教学以重复为基础，要在那种一年级孩子用的方格本上一行又一行地抄写汉字。有时候（至少有人这么说）对汉字的掌握变成一种无意识的本能。通过坚持，那些字符渐渐与你融为一体。这与西方的学习正相反，后者注重理解、建立和寻找联系并进行结构重现。我的中文第一课主要是学习以下词汇：妈妈、爸爸、哥哥、一、三、五、地图、报纸。数字"二"，打个比方，会在第三课才出现。最近我终于在第五单元学会了从一数到十。我跟我认识的一个中国人抱怨过这种教材或是课堂缺乏分类的观念。词汇们都零零散散地被抛在记忆里，随机地被想起并重复几次。

"当然是有分出类别的。只是你没有看出来罢了。"

我觉得这个回答很神奇。从那时起，我开始希望有那么一刻我会发现这门语言的奥秘，尽管我过去不懂，未来一段时间内也弄不懂它。一门语言呈现出的是一个世界，在这个世界里，我只看到了笔画，但我朋友看到的是一段历史。外国人自然会觉得这个世界杂乱无章。

历史

话剧作品《传话》在一栋两个月前刚刚落成的大楼二层上演。办公室都是新搬来的，来这里的人得避开地上的工具、箱子和大木板，坐到两排椅子上，椅子还不够坐。昏暗的灯光营造出一种话剧需要的神秘气氛。我在一根柱子旁站定，看向"舞台"所在的方向。灯光灭了，一位六十多岁的短发妇女出现，个子不高、略显发福。她走过屋子，在中间的一把椅子前坐下，从包里翻出几页纸，戴上眼镜开始朗读。

"我叫国法，'国家的法律'的意思，我的父亲是一个很严厉的人。"

有投影仪显示出英文字幕。国法讲述了她家庭的故事，借此也讲述了中国的历史。她的父亲在青岛德国租界出生，从小学习那些"欧洲暴徒"的语言，长大后，去柏林学习工程。在那里他认识了安妮特，她后来成为他第一个妻子。这对夫妻回到了上海并在外国租借地定居。那时，上海已经沦为鸦片毒贩、外国银行家和歹徒的巢穴。第二次世界大战在欧洲爆发了，日本人入侵了中国，由于德国人是日本人的同盟军，安妮特被驱逐出境。后来，他们再也没有见过彼此；父亲娶了第二任妻子，生下了国法。在她讲述时，一对西方的舞者时而用布包裹她，时而离开她舞蹈，时而又紧抓住她的脚踝，就好像她的孙女们在听她的故事一样。

从窗户能看到外面黑夜中的马路，三三两两的"师傅"骑着摩托经过。我不禁自问，在这有三千多万居民的城市，有多少人有着让我难以置信的故事。我为我对阴平阳仄和笔画顺序一窍不通的脑袋感到气恼。说同一种语言能够营造出一种亲切感，就是那种《传话》用昏暗灯光、西方舞蹈和一部共同的传记所营造出的东西。当国法讲到"大跃进"时期的生活时，我的这种感觉依然挥之不去。这巨大的界线，有如鸿沟天堑，使我永远不可能真正接近这些人的经历、接近这段历史，以及，接近这门语言。

东方

博尔赫斯在他被研究最多的故事之中，设置了一位中国间谍（为德国人工作）和一位英国汉学家斯蒂芬·艾伯特之间的对话。关于这个故事，大部分的评论都是关注对话内容的。这位中国间谍是曾经云南总督彭㝡的曾孙。彭㝡辞去了高官厚禄，一心想写一部小说，建造一个迷宫。他的家人们并没有在意他的成果，因为他努力的结果只是一本既没有内容也没有逻辑的晦涩难懂的书。并且，谁都没有找到那座迷宫。就像博尔赫斯大部分的奇幻故事一样，《小径分岔的花园》仍聚焦于利用哲学根源对逻辑的探讨。在文中，艾伯特发现了理解那部杂乱无章小说的关键：主人公死了，又再度出现，他改变了，在下一章节中又仿佛从没存在过。和间谍的会面最终解开了他祖先过去的谜：那座迷宫就是那部小说，一座存在所有可能性的时间迷宫。对这个故事的讨论大多集中于理解这特别的主题，强调时间的多维，或者道教在其中的反映，等等。然而，许多人恰恰忽略了故事最出人意料的环节。在一场关于历史的交谈后，大概是为了向德国军方传递消息，中国间谍开枪打死了艾伯特。换句话说，中国人杀死了汉学家。

在我查阅了那些名字如何书写、提到的城市和一些事件后（都来自一本研究东方文化的英国学者的书），我觉得这不失为一个阅读的建议。从某种程度上来说，它会成为一种理解中华文化的方法。"杀死汉学家"，让故事本身和其他人来继续讲述。"杀死汉学家"，让一切带着它本身的转折和意外，都回归现实自然的洪流之中，就像道家思想阐述的那样。

一天下午，我坐在上海市中心的一家咖啡馆，用一个有着很童真封面的小本子练习汉字。中国人从我旁边路过，笑着对我指指点点，能看出他们有一种很刻意的和善，就好像在看一个三十多岁的男人用铅笔涂画着他最初学会的几个字。他们之中有个人看起来对我的书写格外感兴趣，走近了我。他边看边重复着说我写得不错。过了一会儿，他告诉了我他叫Albie（他的英文名字），想要找一个语伴。我不知道他为什么会以为跟我能练习到英语，不过我们还是会一周见一次面，交流几个中文的动词，说说斯蒂芬·艾伯特的母语。不久，他邀请我去他祖父家吃晚餐。

Albie在地铁宜山路站七号出口等我。我们在楼道间并肩而行。像这样的楼道，在上海的居民区随处可见，菜贩们用泡沫箱卖着卷心菜和蘑菇，水果店常常会营业到深夜。我们沿着混凝土楼梯上到三层。Albie把钥匙插进一扇门的门锁，门上贴有红底金字的"福"。门打开了，Albie的祖父向我伸出手打招呼，Albie 给我翻译："欢迎来我家，我孙子经常提到你。"我到此刻才知道我语伴的汉语名字叫徐一，他跟外国人交流时才会用《哈利·波特》里的一个角色名称呼自己。

这之后，老人就钻进珠帘后的厨房里去了。公寓有两间卧室，一厨一卫。因为没有餐厅，Albie 把一张折叠桌拖到屋子中间，以便我们坐在床边用餐。开始上菜了（来中国以后我已经胖了几公斤）。吃完一道红豆糯米圆子汤作为甜点后，爷爷才肯上桌和我们一起吃饭。他从壁橱里拿出一瓶白酒，斟到小酒盅里，那小杯子就好像是从洋娃娃的家里拿出来的一样。"干杯"，他说道，并期待着我把这一杯都喝完。然后他又给我们斟满酒，才坐下。

"这要是多年前，"他说，"你是不能进我家的。如果我有一个外国的朋友，我邻居们会怀疑我是间谍的。在那个时代，我们吃不起肉，大家都饿着肚子。再看看现在，你和我一起吃饭，跟我还有我孙子一起喝酒。中国真的变化太大了。"

他者

上海的一些街道会让我有步行在布宜诺斯艾利斯的错觉。华山路两旁开满咖啡馆和糕点铺，就和巴勒莫的小巷一样。路边摆放的桌椅和建筑的法式风格都不难让人想到，在20世纪初，上海和布宜诺斯艾利斯这两座城市，都曾在欧洲世界的边缘停留过。一个被称作"东方之珠",而另一个是"白银之国的巴黎"。

当我在东方的思想中徜徉之时,一些事情也逐渐回归正轨。我在布宜诺斯艾利斯告别的女孩获得了一个在上海读博士的机会;这偌大的城市渐渐缩小成为一张我所熟悉的地图,有咖啡因,有可以使用电脑的桌椅,也有两家烤肉店,偶尔可去品尝。的确,我正置身于一种永远不可能完全理解的文明之中;但同时,我也期望着去拥抱和接受它,哪怕只有一点点。因此,我会始终怀着问题,带着惊喜,并且,去寻求共同的语言。

Unir los puntos:
vivencias, estudio y creación transcultural

连点成画：
生活、学习与跨文化创造

[哥伦比亚]路易斯·坎蒂略

人类想要建造一座城市和一座塔楼。那座塔要和天一样高。这是为什么呢？或许他们需要一个用来防止族群分散的名义，需要以其本质的身份作为一个整体出现。

——卡洛斯·林孔《埃尔南多·巴伦西亚·高尔克尔：文学批评》①

作为非洲人、印第安人和白人的后代，我的皮肤呈现出一种类似于土地或是熊皮颜色的棕褐色。因此，在英格兰我被认为是黑人，但在牙买加，那里的人们则把我看作白人。与此同时，我在美国被当作拉丁人，而在中国，大家都称我为"老外"。《纽约时报》的统计数据显示，我这辈子的收入很难超过一个白人②，但根据美国人口资料局的报告，我这类人又

---

① 卡洛斯·林孔（2018）"埃尔南多·巴伦西亚·高尔克尔：文学批评1955-1976"．卡罗与古尔沃学院：21.
② 艾米莉·巴杰，克莱尔·凯恩米勒，亚当·柏斯和凯文·奎利（2018）."广泛的数据显示黑人男孩饱受种族主义威胁"．纽约时报．2018.3.19. https://nyti.ms/2GGpFZw [2019.3.20]

通常会拥有比白人更长的寿命①。后者使我为自己的长寿基因感到骄傲，但前者又让我有些难过，毕竟收入问题将在很大程度上决定我今生今世的生活——这并非我的主观意愿所能改变。准确来说，本文并不探讨种族问题，但又的确与我富有创造性的生活、学习和工作相关：这是一碗由我在波哥大的出生和成长经历以及在伦敦、纽约、北京和杭州的学习经历熬制出的文化浓汤。正是由于这些城市的文化和活力，我把自己看作一个遨游于东西方截然不同的文化之间的"世界人"。

回到起点

首先，我想谈一谈我的故国：哥伦比亚。虽然她是加西亚·马尔克斯和夏奇拉的故乡，但对许多人来说，这依然是一个陌生的国度。在另一些人心中，哥伦比亚则有着糟糕的名声：在半个多世纪的时光里，她饱受战火摧残，更糟糕的是，毒品交易带来了数以百万计的流离失所的难民和无辜的受害者，以及一个撕裂的社会。

迄今，我人生中一半时间是在海外度过的。2016年，在远离故乡二十年之后，我回到了哥伦比亚。同年11月底，政府与哥伦比亚革命武装力量游击队（FARC）签署了《停火协议》，结束了这场长达五十多年的战争。尽管右翼政党强

---

① 保拉·斯哥蒙格纳（2013）."探讨美国西班牙裔人拥有更长预期寿命悖论".美国人口资料局.https://www.prb.org/us-hispanics-life-expectancy/ [2019.03.20]

烈反对，但国内的氛围还是相对乐观的，我们终于有机会开始建设一个更具包容性的和谐国家了。那年的诺贝尔和平奖授予哥伦比亚时任总统胡安·曼努埃尔·桑托斯先生绝非巧合，因为该奖项不仅仅是对总统个人的认可，更是对整个国家的支持与肯定。它告诉哥伦比亚，在前进的道路上你并不孤单，而是拥有整个国际社会的陪伴。

在20世纪90年代，哥伦比亚可谓臭名昭著。那时，街头乡间都充斥着禁毒运动导致的暴力冲突。也是在那一时期，我从高中升入了大学。至今我还对那些为数不多的敢于在当时来我们国家冒险的游客留有印象。那些来自德国的背包客们愿意到充满异域风情的地方探险，他们甚至会去一些连哥伦比亚本地人都不敢去的城市的隐蔽角落。如今的情况则有了很大改观，在摆脱暴力冲突的阴影之后，哥伦比亚对游人们来说更加安全了。2006年，只有100万人前来我们国家旅游[1]。但从那以后，哥伦比亚的旅游业已经有了300%的增长。现在，在《纽约时报》《卫报》和《康德纳斯特旅行者》等国际媒体推荐的旅行目的地名单中，哥伦比亚榜上有名，相关文章包括《造访哥伦比亚的十七个理由》[2]，等等。每当我前

---

[1] 哥伦比亚数据报告：旅游业. 2018.7.23. https://data.colombiareports.com/colombia-tourism-statistics/ [2019.3.26]

[2] 凯特琳·莫顿（2017），"造访哥伦比亚的十七个理由". 康德纳斯特旅行者. 2017.10.3. https://www.cntraveler.com/gallery/17-reasons-to-visit-colombia [2019.5.16]

往位于波哥大中心地带的外部大学授课时，我总能看到成群的外国游客漫步于古老的旧城区街道上。道旁房屋的墙壁上绘有色彩缤纷的壁画，这代表着一个多民族和多元文化都市的新式城市艺术。对我来说，这个场景更是希望的象征。

像我这样的艺术工作者能为和平做出贡献吗？我想要教书，这或许是我对哥伦比亚新社会的一点微薄贡献。因为从不认为自己有当老师的天赋，所以对我而言这并非一个容易的决定。好在在中国的经历让我的学识阅历有所增加，或者说，至少让我对这个至今对哥伦比亚来说还显得遥远而神秘的千年古国有了深刻的了解。另一方面，在杭州我认识到了，教育工作者在培育后代从而促进社会繁荣持续发展这一工作中的重要作用。虽然在哥伦比亚，教师并不能受到像在中国的同行们一样的尊重和认可，但是我们许多人仍然坚信投身教育事业是通往和平的道路之一。总之，就像漫画家张乐平老师曾经说过的那样："大树是由苗苗长大的，对苗苗我们要精心浇灌。"

素描：前进的仪式

> 写作和作画一样，都能使人的思维异常集中。
>
> ——迈克尔·克雷格-马丁[1]

---

[1] 迈克尔·克雷格-马丁（2015），《成为艺术家》，伦敦，艺术书籍出版：8.

因为对松节油过敏，所以我只能素描，不能绘画。我还是哥伦比亚国立大学的艺术系的学生时，有一次我的皮肤因接触松节油而出现了红疹，这使我大吃一惊。松节油是油画颜料的必备溶剂，从那以后，这便成了我不用混合颜料绘画的完美借口。而与我相伴的则是素描，是游走于画纸上的炭化笔或中国画颜料，这与我起初认定的艺术形象十分吻合。那时，我不曾想过，我与素描世界的这种缘分会使我在多年之后与中国艺术的文化之海结缘。在第二章中，我想谈谈素描，谈谈拥有良师的重要性，谈谈意外的经历会如何决定我们的生活。

在西方，绘画在数个世纪中一直比素描更受重视，因为后者往往被看作是一种低等的艺术，或是绘画、雕塑这些高等艺术的简单的预备工序。然而，在中国文化中却并没有这种等级上的区分：对于绘画和素描，人们使用的是相同的动词（画）。因此，在杭州学习时，我觉得身边的世界更为熟悉与亲切。在这个世界里，线条的价值和力量就是一切。而中国书法中图像和文字的结合则是其另一个鲜明的例子。无论是在城市（村镇入口、街道、楼房、告示）还是自然界中，我们都可以欣赏到这种无处不在的艺术。想想篆刻在富有传奇色彩的泰山的岩石上的书法作品，这难道不是一个自然与文化水乳交融的舞台吗？

好在近几十年来，素描在西方世界的地位也日渐提升，其作为次等艺术的日子已经远去。例如，纽约现代艺术博物馆便长期以来重点展示素描作品。1976年，该馆的传奇馆长伯尼斯·罗斯在名为"当代素描"展览的图录中写到："……自20世纪60年代中期以来，艺术家们认真地研究了绘画的本质，并投入了大量精力，对其表现方式、领域划分和用途进行了根本上的重新评估。通过这种再评估和再认识，素描从绘画和雕塑的'背景板'和'辅助手段'演变成了一种重要的、独立的、具有卓越表现力的艺术媒介。"[1]

1996年，玛丽亚·莫兰老师向我展示了英国艺术家迈克尔·克雷格–马丁在伦敦白教堂公共艺术画廊举行的名为《勾勒线条》的画展的图录。这个系列的作品对我启发很大。为什么它对我有如此影响呢？其实单单是因为它使我认识到了线条的力量与脆弱。这个画展和图录的主题是广义理解上的素描，展览中汇集了来自不同时代的艺术家的作品。图录的左页展示了一幅让·奥古斯特·多米尼克·安格尔的素描画作，右页的素描抽象而精致，它的作者是美国艺术家艾格尼丝·马丁。安德烈亚·曼特尼亚、唐纳德·贾德、赛·托姆布雷、阿尔布雷希·阿尔特多费尔等人的作品汇聚一堂，交相辉映，展现出了素描的多样性、精确性和经济性，这一点格外迷人。此外，素描不受时间影响的特点也得

---

① 伯尼斯·罗斯（1976）."当代素描：1955–1975".纽约现代艺术博物馆：9.

以彰显。想象一下，虽然时光已经过去了数个世纪，但一幅达·芬奇未完成的素描看起来却仍能像翠西·艾敏的作品一样新鲜。

在那个学习阶段中，素描逐渐成了我的一个标签，其本身成了我的学习目标，而不仅仅是作为一个过渡手段。在接下来的学期中，我选修了一门玛丽安娜·巴雷拉老师教授的实验素描课，这就像打开了潘多拉魔盒一般，我学习到了关于素描的各种不同观点，其中的一些限制了对留白最大程度上的利用。在后来的阿尔贝托·林孔老师的课堂上，我学习了"假刻"的方法，这是一种利用阿拉伯树胶阻隔、保护画面的技术，它能使图像看起来像是被印在或是刻在了画面上一样[1]，而那神秘的晕影总是能够引起观画者的好奇心。从那时起，"假刻"便成了我的一项常用技术。

2000年，在结束了英国的留学后，我抱着出书的想法回到了哥伦比亚。当时哥伦比亚国内只有一种艺术类杂志，而且很少有独立出版的书刊。此外，我还想办一个素描展。现在我觉得，我那时的确是在沿着迈克尔·克雷格-马丁的脚步前进，但显然我的计划要简单很多。我当时的想法是收集来自不同时代和领域的国内外的艺术家的作品，以展现认识

---

[1]　以下是对这项简单且实用的技术的简单解释：用刷子将橡胶涂在需要覆盖的纸张部位，等待它干燥。然后用国画颜料绘画，等待它再次干燥；最后，用水和刷子把阿拉伯树胶洗掉。树胶如魔法般消失后，便会露出之前被覆盖的区域。

素描的多种方式。最终，我那本名为《我只画素描》（Sólo dibujo）的书于2001年由比列加斯出版社出版。2003年，我在哥伦比亚国立大学美术馆举办了同名画展。这两件事可以称得上是我在首都艺术舞台上的处女秀。

　　有一个很有意义的故事和我的这段经历类似。在迈克尔·克雷格－马丁十五岁那年，他住在哥伦比亚，跟随画家安东尼奥·罗达（1921—2003）学习绘画。他说，这段经历改变了他的人生。在其撰写的《成为艺术家》一书中，克雷格－马丁告诉我们，20世纪50年代，他和家人住在华盛顿特区。他的父亲在世界银行工作，由于其工作问题，他们一家人必须搬到波哥大一年。"我喜爱这座城市并彻底探索过它"[1]，在谈起波哥大时，克雷格－马丁这样说道。他的父母通过同乡会认识了在安第斯大学工作的老师安东尼奥·罗达。那时，罗达每周在他的工作室里教授两次素描。克雷格－马丁说，虽然一开始因觉得自己缺乏天赋而感到非常沮丧，但他还是十分喜欢去参加罗达的素描课。凭借努力和决心，他最终从罗达老师那里学到了很多东西。在该书题为"遇见良师"的章节中，他写到："我今天的作画方式，我对它的爱和它在我的工作中的重要地位都直接源自近六十年前的那个夜晚。"[2]他补充说，去罗达老师那里上课并与他相处让他更好

---

① 迈克尔·克雷格－马丁（2015）.《成为艺术家》.伦敦，艺术书籍出版：25.
② 同上。

《我只画素描》（Sólo dibujo）一书于 2001 年
由比列加斯出版社出版。

地明白了什么是艺术家，并使他相信自己有朝一日也能成为一名艺术家。多年以后，克雷格－马丁前往耶鲁大学学习艺术。最终，他不仅成了一名世界知名的艺术家，而且成了伦敦金·史密斯学院的传奇教授。在对下一代的培育方面，他极大地影响了诸如达米恩·赫斯特这样的明星艺术家，以及其他那些把英国艺术传播到世界的所谓"英国年轻一代艺术家"。最后，克雷格－马丁用一段美好的回忆总结了遇到良师的重要性："在最后一课结束后，他（安东尼奥·罗达）给了我一个特殊的礼物来表示他对我充满信心。那是戈雅《战争的灾难》系列版画中的一幅，名为"她会说，什么都没有"（Nada, ello dirá）。时至今日，这幅画仍然是我最珍藏的财富之一。"①

在推进《我只画素描》一书的出版的调研过程中，玛丽安娜·巴雷拉老师带我前往了安东尼奥·罗达位于波哥大郊区的工作室，在那里，我见到了这位大师。那天，我们谈论艺术，我还拍摄了一些罗达老师的作品，共同度过了一个难忘的下午。在罗达老师的所有作品中，有一幅吸引了我的注意，那是一幅在比A4纸稍大的纸张上绘制的中国水墨画，其灵感来自希腊神话中俄狄浦斯与斯芬克斯相遇的故事。画面展示的是两个人物的侧面，他们面对面，虽然斯芬克斯蜷

---

① 迈克尔·克雷格－马丁（2015）.《成为艺术家》.伦敦，艺术书籍出版：25.

《秃鹰》（Condor），素描，2018年。

《瓜塔维塔》（Guatavita），素描，2018年。

缩在一个平台上而俄狄浦斯则是赤身裸体地站着，但二者的高度却是相同的。斯芬克斯的面庞显得黑暗而神秘，而俄狄浦斯似乎闭上了眼睛，正在流泪。罗达老师用很少的笔触表现出了不同且丰富的内容，成功地描绘出了那场神话中的相遇，或许那正是俄狄浦斯猜谜的场景。

总体来说，罗达老师的艺术作品介于抽象和具象之间，而那幅画正是这二者的结合，十分值得出版。罗达老师看出了我对这幅画特别感兴趣，便爽快地决定把它送给我。我对此感到突然与不知所措，因为从某种意义上，我觉得我似乎来到了一场拜师仪式。后来，这幅"俄狄浦斯和斯芬克斯"成为《我只画素描》的封面。直到今天，我仍然把那天的相会当作宝贵的财富，罗达老师的"斯芬克斯"和慷慨的精神也一直激励着我在艺术之路上砥砺前行。

总体艺术：我在中国学习艺术的经历

2011年，我获得了中国政府的奖学金，得到了前往位于杭州的中国美术学院攻读博士学位的机会。虽然我很兴奋，但我对这个城市知之甚少，也不知道该对这次崭新的学习经历抱有什么样的期待。在从机场到城市的路途中，我一直在欣赏窗外的风景，观察着乡村是如何一点一点地向大城市渐变。在街道上，我觉得杭州的建筑并无突出之处，与北京或上海相比，其规模也要小许多。但是随着汽车驶近西湖，我们进入了绿树成荫的南山路，那里有许多阴凉宜人的枫树。不一会儿，出租车司机告诉我，我们已经到达了目的地。我简直无法相信，真的很难想象出有比这更适合学习和生活的地方。

我是在夏末到达杭州的，那时桂花还在盛开，桂花的香气弥漫在城市的街道上。同年，西湖被正式列入联合国教科文组织世界遗产名录；中国美术学院教授王澍因其设计的位于杭州郊区的新校区获得了普利兹克建筑奖。因此，在无意之中，我所在的城市和大学成为世界关注的焦点。

我在中国美术学院度过了大部分的大学时光。我总共在那学习了五年，第一年致力于学习中文——那是我学习语言的第三年，在接下来的几年中，我师从邱志杰老师学习。我总是这样告诉我的朋友们，师从邱志杰老师就像乘坐高速列车（这样说是因为其学术活动的强度和质量）。邱志杰是中国当代艺术的标志性人物。因为他将艺术实践和教学相结合，并提倡艺术应当走出博物馆，融入并渗透到社会中，所以有人将邱志杰与德国艺术家约瑟夫·博伊斯相提并论。

邱志杰老师说，西湖无疑是中国最杰出的大众艺术作品。在邱志杰领导的总体艺术研究所中，学生们的一项练习就是思考"大项目"——那些超越了学期作业，甚至是一个人一生都可能完成不了的艺术作品，那些像西湖一样有可能获得永生的作品。

　　自教我们的第一课起，邱老师便指导并推荐我们使用 Mind-manager（一种构建思维导图的软件），我知道这不是典型的艺术教育方式。跟随邱老师的学习不仅让我了解到中国艺术悠久而丰富的历史，也让我认识到中国美术学院努力全面培育艺术家的传统。在这里，学生们不仅需要良好的绘画技艺，同时也应善于表达和交流自己的思想。另一方面，它让我们明白，艺术工作者不应走孤立的道路，而是应当建立自己与世界和生活的联系，为社会的发展和进步做出贡献。

　　师从邱老师并与总体艺术研究所的其他同学共同学习的时光在我的脑海中留下了许多难忘的回忆。为了了解艺术和手工艺世界的异同，或是为了研究一些传统工业产品（譬如国画颜料、砚台或是举世闻名中国瓷器）的生产工序，我们一起去黄山、景德镇等地。在这个过程中，我们会花费数天时间采访当地人，并制作调查问卷以便更好地了解情况。邱老师在晚餐后开始授课，晚课通常在午夜时分结束。邱老师经常喝很多茶，却很少停下来去洗手间，对于这一点我一直感到十分惊讶。

　　师从邱老师给我的感受是，他想通过某种方式向学生们传授他所有的智慧。他经常重复提起，有一些事情他今生或许终将无法完成。但他又坚信，他的女儿或是学生们会继续扩展和完善他的理念。实际上，对于艺术和生活，他的思想是具有超越性的，是一种"总体艺术"的态度。

齐勃恰—中国艺术

　　齐勃恰的：1. 形容词，属于齐勃恰人（历史上曾居住在波哥大和通哈高地地区）的。

　　中国的：1. 形容词，属于中国（东亚国家）的。

——《西班牙语词典》西班牙皇家语言学院

　　2016年，在从中国回到波哥大后，我拜访了贝亚特丽斯·冈萨雷斯老师。她是画家，同时也是一名艺术史学家，曾担任过数年的哥伦比亚国家博物馆馆长，也曾是安东尼奥·罗达老师在安第斯大学的学生。我一直十分欣赏冈萨雷斯老师，因为她不仅擅于作画，同时也精于学术研究与写作，在这方面，她堪称艺术家的楷模。在观看了几幅我在杭州时作于宣纸上的中国水墨画后，她如是评论道："你在做的是一种'齐勃恰–中国'艺术，我们该做点什么来给它解毒呢？"冈萨雷斯老师用直接幽默的方式表达了她的想法。她说的有道理，在沉浸于中国的文化和艺术如此长的时间之后，我的美术作品已经逐渐有了一股中国风。正如数年前我从凡·高、爱德华·蒙克和保罗·克利的绘画中汲取灵感一样，现在我十分欣赏潘天寿、八大山人和风景画家米友仁——虽然后者生活的年代与瓦西里·康定斯基相距八个世纪，但我觉得他们在倾于抽象感这一点上有着些许共同之处。

那些我带给冈萨雷斯的老师的画作是什么样呢？我给她展示了两个系列的画作：其中一组是用中国拓绘技术以及上文提到的"假刻"技术和阿拉伯树胶制作的中国水墨风景画。这些画作展现的是拉丁美洲的山峦，或是诸如委内瑞拉的天使瀑布、秘鲁的马丘比丘、哥伦比亚的彩虹河这样的风景。我精细地刻画着每个地方的植物和土地的样貌，其视觉效果精致而富有气氛。除了风景画，我还画了一幅"三毛"。在中国，三毛是家喻户晓的漫画人物，其知名度好比西方世界中埃尔热笔下的"丁丁"。这样写起来或许有点奇怪，但这也是我的一种策略，为的是利用一些中国人熟悉的事物增进他们对拉美风光与文化的了解。

另一组作品名为"狂欢节"。它由六幅背景鲜红的竖式画作组成，每一幅中画有三个单线绘制且一一堆叠的面具。这些画作高两米半，宽一米，其灵感来自巴兰基亚狂欢节传统的圣像面具，面具的形象包括传统的蜘蛛猴①、小公牛和老虎等等。此外，我还创作了一些"名人面具"，比如头戴草帽，手拿《百年孤独》的加西亚·马尔克斯，或头戴有折痕的草帽的墨西哥演员坎蒂纳·弗拉斯。这些都是我为在北京举办的一个画展所准备的画作。我希望通过狂欢节、音乐

---

① 蜘蛛猴（Marimonda）是一种有着香肠一样的大眼睛和大耳朵的面具，它的长鼻子像一个巨大的男性生殖器；这幅面孔本是用来嘲笑19世纪的精英阶层的，但现在它成了巴兰基亚狂欢节的喜悦氛围的象征。

和流行艺术来展现并宣扬哥伦比亚文化。就其整体和规模而言，我认为它们给人一种非常现代和愉悦的感觉。这两个系列在中国都很受欢迎，但我不确定在哥伦比亚，人们会如何评价。因此，将它们展示给贝亚特丽斯·冈萨雷斯老师是一次必要且关键的检验。那天的最后，老师给我的评价是我仍需努力。对她而言，这些画作虽有令其喜爱之处，却不如"大红袍"的美味一般沁人心脾。

至于冈萨雷斯老师所说的文化排毒，我认为这是一个自然的调整与寻找新出路的过程。无论如何，在哥伦比亚都很难买到中国国画颜料与优质宣纸。然而，我坚信有可能创造出一种兼有两国艺术本质的作品，或是像老师所说的"齐勃恰—中国"艺术，但其形式却不像我之前的作品那么明显。搭建一座连接不同文化的桥梁难道不是一件很棒的事情吗？就像一座兼具不同层次的艺术感与概念感的、被移植到地处热带的哥伦比亚的中国佛塔，那是一种世界性的艺术，逐渐成熟于哥伦比亚的安第斯高原，却又兼有显著的大洋彼岸的艺术的根源。

结束循环

我在中国的生活经历中，最令我哥伦比亚的家人和朋友感到有趣的一件轶事便是我在中国学会了跳Salsa。他们大多数人都对此表示怀疑，或是觉得自己听错了——他们认为我本想说的是我在教那些中国人跳这种舞。当确认了是我和一个中国人学习跳舞时，他们都笑了。我的古巴朋友，住在北京的记者亚瑟夫·阿南达，觉得这是全宇宙最不可思议的事：一个中国人教一个哥伦比亚人跳哥伦比亚舞，这简直是一个笑话，用中国人的话来说，我"太丢脸了"。但与此同时，也有朋友对我这种开放、总是乐于学习的态度表示赞许。也正因如此，我在三十三岁的年龄还能学习中文。

今日，在我写下这些文字的时候，《停火协定》已经签署三年了。显然，签署协定和建立和平是两回事。糟糕的是，仍有右翼政治派别在不断地破坏和平，拒不实施《停火协定》中所要求的举措。事实上，新政府并非停火的支持者。另一方面，我意识到因政府的国际政策，哥伦比亚是美国在拉美最主要的盟友，所以在政治上并没有最大程度上接近中国，这种情况在短期内并不会改变。在中国，有近百所高校正对拉丁美洲展开研究，然而在哥伦比亚，对中国有所研究的大学最多不超过三所。正因如此，尽管中国是我们的第二大贸易伙伴，在哥伦比亚却还有很多人对中国及其文化感到十分陌生。

我希望这些想法能够让人意识到，生活可以像任意一个热带佛塔，一系列事件在时间的作用下累积起来，造就了构成我们本身的多样经历。今年我将前往位于成都市的四川大学工作。成都地区美食的特点在于其对辣椒的使用，而辣椒正是源自美洲。西班牙人在三个多世纪前将这种色彩丰富的植物引入中国，谁又能想到当地人会使辣椒成为自己的特色呢？辣椒，单单一个词语便能唤起关于一道菜的记忆。那是一道沁人心脾、温暖全身、令人满足的菜肴。加布里埃尔·莱瓦·佩雷拉写道："这是现代人的饕餮佳肴。"①怀着这种炽热的思想、多元文化的经历和乐观的精神，我结束了这个循环。

① 加布里埃尔·莱瓦·佩雷拉（2012）."美洲的辣椒". 时代报 .1992.10.11.
https：//www.eltiempo.com/archivo/documento/MAM−221858 [2019.5.30]

Relaciones y confianzas

关系与信任

[哥伦比亚] 薇薇安娜·拉米雷斯

"有些外国人来到中国，两个星期后就写成了厚达两百页的书籍；另一些在这个国家待了十年，最后只完成了一篇文章；而更多的人在这里居住了三四十个年头，却写不出哪怕一行字来。"

——佚名，卡诺（Cano）等引自

《哥伦比亚与中国：友好合作三十载》

开始写作这篇文章分享我在中国的经历时，我恰巧读了《哥伦比亚与中国：友好合作三十载》一书。这本书是2010年由哥伦比亚外交部出版的，其中的数篇文章讲述了哥伦比亚人在中国的经历，讲述了他们对这个国家的不同看法，让我深受启发。

我尤为其中一篇文章的叙述和评论所吸引。它向我展现了可敬的学者恩里克·卡诺·波萨达（Enrique Cano Posada）先生在中国长居超过十七年的经历。

卡诺先生曾在这个国度学习，是其历史变迁的亲历者。他的叙述把我带回了20世纪60年代的中国。他研究了中国人的价值观念、习惯和思考逻辑，并把它们总结为约二十条，以《在中国学着重新生活》之名出版（哥伦比亚外交部，2010年，第62页）。在卡诺先生的笔下，这些至今仍存在的、鲜活的中国印象跃然纸上。可以说，这部历久弥新的作品捕捉到了中华民族的本质特色。

几十年后的今天，中国的面貌已经日新月异。自我第一次踏上这片土地，就时时为它所惊艳。在此，我想把我与中国的故事分享给你。

1983年，我出生于哥伦比亚。我的家乡位于南美洲西北部的赤道地带，坐拥大西洋和太平洋的地理优势。那是一片地形多变、文化多元、自然资源丰富的土地。不同的文化汇聚在海洋、山脉、平原、丛林甚至沙漠，把我的祖国变成了色彩绚烂、物产丰饶、充满音乐和狂欢的乐土。诚然，我也深知，这样迷人的哥伦比亚，历史上却战争频仍，半个多世纪的武装冲突留下的伤口仍未愈合，贩毒活动也猖獗至今。

九年前，我第一次拜访中国。在那之前的一次会议上，巴勃罗·埃查瓦利亚（Pablo Echavarria）先生谈及了他在中国担任大使的经历。作为这个东方大国的朋友，他的话极具参考价值。怀着学习的恒心，我聆听了他的发言。这位高尚的先生已然成了一位中国通，对其文化和日常生活细节了如指掌。他向我们指出，在和中国、中国人民及企业建立友谊时，最重要的就是所谓的"关系"。

　　几个月后，我抵达中国。恰逢2010年上海世博会，世界的目光都聚焦在了这片土地上。包括哥伦比亚在内，共有192个国家和42个国际组织参与了此次盛会（《在中国学着重新生活》，哥伦比亚外交部，2010年，第8页）。古斯塔沃·加维里亚（Gustavo Gaviria）先生以大使身份带领哥伦比亚特派团参加世博会。我与他共事超过十四年。那些年里，是他让我对这个拥有五千余年历史的文明产生了兴趣。他告诉我，除了关系，"信任"——信心和信念的建立，也是发展和中方关系所要注重的观念之一。2010年的世博会吸引了七千多万参观者和超过两亿的线上游客。借此机会，我的祖国也向全世界展示了她最具代表性的价值观念。我们格外强调，在多样的地形和得天独厚的自然条件之外，哥伦比亚最宝贵的财富就是她的国民（《在中国学着重新生活》，哥伦比亚外交部，2010年，第8页）。

　　那年，我第一次领略了中国的风景，尽管那时我尚未充分意识到这盛况意味着什么。我亲眼见识了中国改革开放最具代表性的象征之一——上海的浦东新区。那时的上海，尤其是浦东正处于其发展的第二阶段。这座城市坚定地走在开放道路上，积极参与全面互补的改革试验，并成为世博会的主办城市；上海也在完善社会主义市场经济体制、改变政府职能和城乡一体化方面进行了开创性的尝试（《今日中国》，2018年10月刊，第40页）。

从那时起，我对中国的兴趣日益浓厚。我渴望不断学习，获得更多关于中国人民、中国的体制和文化的知识。这一路上，我收获了美好的友情。从自身的经历中，我发现，中国人和哥伦比亚人在内心的美德上有诸多相似之处。尽管有着不一样的习惯和文化，我们都工作勤恳，关爱家人。一个简简单单的微笑，就是我们最美的语言。

在初步理解了关系与信任后，我涉足商界。从商的经历让我更好地明白了与不同的中国企业合作的恰当方式。毫无疑问，工作和贸易为我打开了一扇新的大门。我至今仍在思考，在友好合作的大环境下，如何更好地与中方协商谈判并开展协作项目。同样，商贸工作也使我更深刻地认识了中国。借此机会，我领略了北京、成都、西安、哈尔滨、珠海等地的风光，也对当地航空、科技、健康、旅游、餐饮、教育、文化等产业有了一定了解。

最近，我还有幸为成都与哥伦比亚伊瓦格市建立友城关系略尽绵薄之力。伊瓦格是哥伦比亚的音乐之都，也是我祖辈的故乡。除了正式的外交活动，中国也长期通过有意义的"文化外交"（《在中国学着重新生活》，哥伦比亚外交部，2010年，第8页）促进国与国之间、两国地方政府及人民之间的交流。近来伊瓦格与成都结为友城就是一例。自2017年

1月23日签署友城协议以来，两地在文化、商业和环保等领域的合作日益密切。其中，成都代表团对伊瓦格的首次访问尤为令人难忘。这代表着两城人民携起手来，齐头并进。为了庆祝这一大事，来自成都大学的二十位学生在哥伦比亚的文化地标——伊瓦格托利马（Tolima）剧场献上了精彩绝伦的表演。当天，场内座无虚席，气氛热烈。充满四川特色的音乐与艺术点缀了成都与伊瓦格的初遇。来自成都的艺术家们一展其卓绝才艺，魔幻般的变脸等表演激起一阵阵掌声和欢笑的浪潮。这份精彩将会永远留在伊瓦格人的记忆里。通过艺术与文化，在场的千余名观众第一次认识了中国。

自友城协议签署以来，值得一书的事件还有许多。官员、艺术家和科学家们的互访让两城的联系日益紧密。比如，伊瓦格的市长访问了成都，并参加了2017年成都国际友城市长创新论坛。同年，他与成都市委书记在哥伦比亚会晤。此外，他也同成都市人大常委会副主任进行了会面。跨文化交流对于加强彼此友谊的纽带十分重要。一方面，来自成都的其他艺术家代表团每年都在伊瓦格举办的哥伦比亚民俗文化节亮相。另一方面，有赖于两城的通力合作，伊瓦格的少儿、青年艺术家们也参与了一年一度的成都国际友城青年音乐周。另外，鉴于语言是文化传播的桥梁，2019年，在伊瓦格成立了一所孔子学院，面向公立学校的青少年学生开展中文教学。

上述的交流往来表明，自结为友城并达成友好合作共识以来，成都与伊瓦格的关系持续推进，不断取得新的发展。我很荣幸能够参与到这一过程中。目前，两城正同心协力建立安第斯熊保护中心。安第斯熊又称眼镜熊，是南美唯一的熊种。这一项目有赖于成都大熊猫繁育研究基地的帮助指导。为此，2018年，基地的四位科学家远赴伊瓦格开展科研交流。我认为，保护中心的落成将会是两城关系的绝佳象征。

以往的经历不仅给了我大量在不同领域工作的机会，也让我得以从私人友谊及政治、经济、文化等层面的友好合作认识中国。然而，我想是时候翻开新篇章了。

我想做的，一是学习中文，二是努力尝试在中国居住。我要感谢成都市政府和四川大学，让这两件事顺利成为我新生活的一部分。算起来，这已经是我第三次前往成都了，但这一次，我会更深入地体验这座城市。成都，正如人们所说，不只是熊猫那么简单。2019年2月，我满怀期待和憧憬抵达了成都。在那以前，我在这里和不同的人结为朋友，也认识了当地的一些机构和企业。而今，我却是以学生的身份踏上了蜀中大地。从双流国际机场到四川大学的路上，我凝望着车窗外，想要辨认出我曾到过的地方。而在之后的五个月里，川大就成了我的家。人们向我指出了川大东门。我很快记下了这个名字，因为那是从校园到留学生宿舍最近的一道门。在学生宿舍，我不仅遇到了中国人，也认识了来自全

作者在四川大学进修中文期间与四川大学西班牙文系学生交流。

作者在中航国际会议中与哥伦比亚伊瓦格市长和
参会中外嘉宾在伊瓦格庄园合影。

世界不同国家的同学。从非洲大陆独有的欢快自然，到印度的友善与音乐，越南人、韩国人、日本人、克罗地亚人、法国人、英国人、阿根廷人……还有许许多多来自其他地方的朋友，在日常生活的一言一行中诠释着各自的文化。宿舍的厨房里不仅有各色烹饪调料的混合；在各地特色美食的分享中，在母语、外语的使用和它们的自然组合中，我看见了真正的跨文化交流。普通话课程则全然是场冒险。起初，我差点以为我永远不会理解和读写汉字了，但最终我还是做到了。最初的几堂课相当难。我们常用"好像在听中文一样"表示如坠云雾里，而课堂的情况倒确实应了这句谚语。随着时间的流逝，我慢慢熟悉了那些笔画，也终于能把中文字符和它们的含义联系起来了。说实话，对于中文学习，我并不想止步于解释和含义、语言学和语义学的理论，但这目前又是另一回事了。课外，我走上街头，可以在巨型广告中看到成千上万的汉字，耳中则充满了人们的高声交谈，尤其是在市场上，我可以听到人们为了买卖价格而讨价还价。这是中国人生活中的日常，也是中国文化和中式协商的典型主题。谈判的双方寻求让彼此都感到满意的结果，妥协就是为了双赢。显然，你得有些商人精神才能尽情享受这种交流协商的过程。从我的中国朋友们身上，从川大的校领导、老师和学生们身上，我也受益匪浅。他们是那样乐于助人，乐于与我分享当地的风土人情。

　　中国的其他城市当然也各有其风貌，但最近的这些日子里，我必须承认，成都，这座马可·波罗笔下的"繁荣之都"（成都国际文化交流协会，2019年），已经把我深深地迷住了。

　　成都的历史可以上溯到两千余年前。传统的深厚积淀孕育出高雅的文化硕果。而今天，成都作为习近平总书记"一带一路"项目的起始点之一，在时代的舞台上依旧充满活力。成都还是世界闻名的旅游之都，超过144条国际航线把世界和这个有着千余年文化传承的城市连接起来。成都人则过得悠闲安逸，他们享受着天赐的祝福，而这祝福就是生活本身。富饶的成都，当之无愧地享有天府之国的美称。在这座城市，每一个远道而来的游人都能感到宾至如归。你不可能不迷上这里：憨态可掬的大熊猫，灯火璀璨的夜晚，宽阔的大桥与河道，巍然的青山，肃穆的古刹宫观，壮观的天府广场和环球中心，繁华的太古里，茶馆的川剧，古色古香的锦里……此外，正如我的一位朋友所说，成都有着最好的餐厅。我还惊讶地发现，这里的咖啡也是那样醇厚馥郁。在成都，人们常常品着咖啡，在与友人的交谈中度过悠闲的时光。生活在中国，在成都，是生命给予我的一份礼物。我永远不会忘怀我与中国朋友和其他外国留学生们共度的每分每秒。

　　自我第一次来到中国，九载岁月如白驹过隙。此时此刻，我想重申我在开篇就已提及的，哥伦比亚人与中国人民的相似之处。

我们都有着这样的品质：我们每日的辛勤付出，不仅是为了自己，也是为了家人和儿女的幸福，这美好的愿景正是鼓舞我们不断前行的源动力；而上升到整个社会而言，这愿景可以化作一种更高层次的实践，那就是为人民创造共同努力的机会，大家一起"共享更美好的生活"（《今日中国》，2019年）。

我希望能继续向我的中国朋友们学习，在关系与信任的基础上建立起长存的友谊。

Historia de las dos Nogales

小城故事：诺加利斯

［中国］史维

"小城故事多，充满喜和乐。若是你到小城来，收获特别多。看似一幅画，听像一首歌，人生境界真善美，这里已包括。"听着这首邓丽君的《小城故事》一路向南，汽车从菲尼克斯驶入美墨边境小城诺加利斯。M想起两年前第一次来这里时，还误以为进入某个西班牙小镇。初入眼帘的是一座座鳞次栉比的白色低矮房子和安静的街道，偶尔看到两个房子的主人隔着栅栏轻声漫语地聊天。汽车驶过的是典型的美国中低端社区，还算干净整洁，车库里的车也属中档，人们的表情也不萎靡颓废。但是，远处的铁丝网和边境墙还是在时刻提醒着人们，这个地方的与众不同。记得美国麻省理工学院经济学教授达荣·阿西莫格鲁（Daron Acemoglu）与哈佛大学政治经济学教授詹姆斯·罗宾森（James A. Robinson）合著的《国家为什么会失败？——权力、繁荣与贫穷的根源》一书中专门有一节介绍诺加利斯，详尽地解释了这个边境之城的与众不同之处：

诺加利斯城由一道栅栏分割成了两部分。如果你站在南边向北望去，就看到亚利桑那州圣克鲁兹县的诺加利斯。那个地方一般家庭的年收入在30000美元左右。亚利桑那州诺加利斯居民在日常生活中，无须担心生命安全问题，也不必害怕被偷、被征用或者其他可能对他们商业或住房投资造成危害的行为。同样重要的是，尽管由于政府的低效率，也存在偶尔的腐败，但亚利桑那州诺加利斯的居民仍想当然地认为当地政府是他们的代言人。他们可以投票选举他们的市长、众议员和参议员；他们还参与投票选举总统以决定谁将领导他们的国家。民主是他们的第二本性。

栅栏南边，仅仅几步之遥，情况却完全不同。索诺拉州诺加利斯的居民生活在墨西哥一个相对繁荣的地区，但是户均年收入大约仅为亚利桑那诺加利斯的1/3。索诺拉州诺加利斯的大多数成年人未受过中学教育，很多十多岁的孩子辍学在家。母亲们为非常高的婴儿死亡率而担心。落后的公共卫生条件意味着索诺拉州诺加利斯居民的平均寿命毫不奇怪地低于他们北面的邻居。他们也没有公共娱乐设施，道路条件很差，法律状况也很差，犯罪率很高；开公司属于高危活动，不但要冒被抢劫的风险，而且为获取开业许可盖章也要历尽艰辛。索诺拉州诺加利斯的居民每天都要忍受政客的腐败和无能。

墨西哥于1821年从西班牙独立之后，诺加利斯周围地区就是墨西哥的"上加利福尼亚"（Vieja California）的一部分，甚至在1846—1848年的美墨战争之后，仍旧如此。在1853年加兹登购买协议之后，美国的国境线才扩展到这个地区。当年N.米奇勒上尉（Lieutenant N.Michler）在边境线驻守时，曾记录下这里有"诺加利斯美丽的小山谷"。就在这里，在国境线两边，建起了两个城市。亚利桑那州诺加利斯和索诺拉州诺加利斯的居民拥有共同的祖先、相同的饮食结构以及相同的音乐，我们可以大胆断言，他们具有相同的"文化"。

当然，对诺加利斯两个部分的差距，有一个非常简单而明显的解释，而且大家可能早就猜到了，这就是：把它们分成两部分的国境线。亚利桑那州的诺加利斯在美国，其居民拥有的是美国的经济制度，他们可以自由地选择职业，获得教育和技能，并且鼓励他们的老板投资最好的技术，从而给他们带来更高的工资。他们拥有的政治制度，也能让他们参与民主过程，选举自己的代表，并且在代表不尽职的时候再通过选举替换之。因此，政治人物就会提供居民需要的基本服务（从公共卫生到道路和法律秩序）。索诺拉州诺加利斯的居民就没这么幸运了。他们生活在一个具有不同制度的完全不同的世界中。这两种不同的制度给两个诺加利斯的居民带来了完全不同的激励，也给打算在那里投资的企业家和商人带来了不同的激励。两个诺加利斯以及它们所在国家的不同制度带来的这些激励就是国境线两边经济繁荣程度存在巨大差异的主要原因。

　　这一周政府停摆，边境问题闹剧不断，来边境之前，M的好多朋友如同两年前一样，小心翼翼地提醒她注意安全。然而在她眼中，与两年前相比，最大的差别就是栅栏墙顶加了铁丝网。还有就是周围多了很多来拍照的游客。他们把车停在边境墙边，笑眯眯地摆着各种姿势，同行伙伴一边按着快门，一边四处张望着是否有边境警察来巡视。从墙这边透过栅栏看墨西哥那边同叫作诺加利斯的小镇破旧如常，人来人往，车流穿梭，无视墙这边拍照和窥视他们的人们。

　　M走到边境通关处，想起两年前看到的场景：一个八九岁的墨西哥小姑娘抱着她的洋娃娃和拎着一袋食品的爷爷一起淡定地走过关卡去墨西哥那边，神情宛如去楼下超市买个面包才回来。两个中年阿姨一个在这边，一个在那边，隔着边境墙的栅栏悠闲地聊着八卦，听起来像是在讨论昨晚的电视剧情节。当时她爬上这边的边境墙的山顶，拍了许多自我感觉很棒的照片，也没看到有巡逻的警察来干涉。倒是栅栏对面一家墨西哥人家里的恶狗蹿了出来大声叫着，吓得她掉头就跑，差点把手机掉到了墨西哥。

　　收回记忆的片段，M把镜头对准了一个怀抱婴儿和墙对面的家人隔着栅栏聊天的年轻妈妈。只见她迅速用手遮挡住小婴儿的脸，转过身的同时冷冷地瞪了M一眼。她的反应突然让M觉得羞愧。她放下了手机，回头望了望远处山上在铁

诺加利斯城由一道栅栏分割成了两部分。

隔着栅栏聊天的一家人。

丝网包裹下蔓延直上山顶的边境墙，此刻边境墙边的铁道上一辆满是西班牙语涂鸦的货车慢慢驶过。突然，一名边防女警察快步走过来，她用英文要求M把刚才拍的照片删除。M有点紧张地打开手机相册，很礼貌地询问她哪些照片可以保留，哪些必须删除，并根据她的要求删除了一些照片。女警察离开后，M再次回头望了望与家人隔墙聊天的母女，内心默默地用西班牙语说了一句"对不起"，随即离开了关口，向商业街走去。

其实诺加利斯所谓的商业街就在通关的关卡旁边，街道很窄，两边都是各种百货店。记得两年前的街道墙边，用西班牙语写满了各种类似于"让我们团结起来"的标语式的话语，还有许多像墨西哥革命时期的反映民权的壁画，但现在很明显墙壁都被当地政府清洗过了，在破旧的墙皮下隐隐约约可以看到曾经的图画与文字的一丝痕迹。很多店里放着西班牙语流行歌曲，来来往往、进进出出的人都说着墨西哥口音的西班牙语。M在一家卖"十五岁成年礼"（quinceñera）服饰的店门口停了下来。在许多拉美国家，女孩的十五岁生日聚会意义非凡，意味着女孩们从青春期步入了成年期，是女孩们踏入社会的标志。通常这个成年礼隆重得如同一场婚礼。M不禁想到读过的一些美国墨西哥裔小说里的情节：在美国的很多墨西哥家庭，父母要攒很久的钱，才能给家里的女儿办成年礼舞会。哪家姑娘没有办成年礼舞会，要被社区的七大姑八大姨嘲笑很久，甚至会影响未来的择偶。这个在美洲广为庆祝的成年礼舞会，花费和婚礼的开销几乎差不多。看着玻璃橱窗里挂着的缀满亮片的各色礼服，以及在阳光下闪闪发光的各种款式的公主皇冠头饰，可以想象每一个穿着如此奢华夸张的礼服站在舞会中央，享受着社区邻居和家人们祝福的墨西哥女孩的灿烂笑容。那个时刻，所有人都不会也不愿想起，那些可以随意拦住他们检查证件的美国警察；那些因为肤色和带着口音的英语而带来的歧视和不公平的对待；以及哪一天也许因为什么原因就被遣返回早已陌生的土地的厄运。

M推门走进了这家小店，店主是一对皮肤黝黑的微胖的墨西哥母子。M用西班牙语问好，一如既往地引起了对方的好奇。的确，长着亚洲人脸，说着一口带着西班牙口音的西班牙语的M也习惯了用"我为什么会讲西语"来作为开场白和周围的人交谈。店主的儿子听说M来自中国，兴奋地用西班牙语说自己在中学有中文课。几句简单的中文日常用语对话后，M问他是否感觉到近期的诺加利斯和从前有不一样的地方。只见他们母子意味深长地对视了几秒钟，母亲淡淡地说："真不明白边境墙上的铁丝网是用来做什么的。合法地从'那边'过来的人也不会去爬墙啊！至于不合法的办法，多了去了。地道、沙漠，他们一直以来都有自己的办法。"这时，有客人推门进店来取货，母子俩忙碌了起来，M也就客气地道别出了店门。

　　下午两点是西语国家人的午饭时间。M按照朋友的推荐来到了城里一家墨西哥餐厅。餐厅服务员掩饰着异样的眼光把她领入座位，一个人吃饭，还是一个讲西班牙语的亚洲女人，足以引起他的诸多好奇。没吃早饭又走了一上午，她一口气点了仙人掌沙拉、Mole烤鸡和烤猪肉馅的墨西哥塔可饼。讲墨西哥西语的服务生大叔惊讶地看着她，尽量礼貌地问了两遍："是不是有点多了？"她笑着说："吃不完我打包带走。再麻烦给我来一杯橙汁，谢谢。"只见大叔疑惑地看着她，似乎没有明白她想要什么。她瞬间想起来，刚才自己用西班牙语说橙汁这个词的时候，使用的是西班牙人的词汇，而拉美人是不这么说的。她马上又换了一个表达，大叔这才笑着点头离开。从他的笑容里她好像看出了他以为这个亚洲女人肯定来自西班牙，以及对西班牙西语的无奈和一丝的嘲笑。这复杂的笑容，M在菲尼克斯和图森也经常遇到，她的西班牙语发音和一些很西班牙本土的用词在这片土地会被视作异类。每当此刻，她脑海里总会出现大学时她的西班牙老师和墨西哥老师一起为了一个用词争论得面红耳赤的场景。而她这个"局外人"总是会认真地去听他们不同的发音和不同的解释，自己都要去模仿和学习，因为她认为自己将来无论哪个西语国家的人都会遇到。

　　很快，墨西哥大叔把M点的菜都端上了桌。她收回思

作者在这条著名的墙边留影。

绪，开始享用丰盛的墨西哥午餐。就像在成都经常会看到有的外国人比成都本地人还要爱吃脑花、兔头、牛油麻辣火锅一样，对于很多人来说酸涩的仙人掌，如同黑暗料理的用黑乎乎的巧克力、辣椒和十几种香料捣成的 Mole 酱，还有卷着豆泥、牛油果和烤肉馅的玉米饼，对她来说都是百吃不厌的美味。她酣畅淋漓地吃着，甚至短时间内忘记了自己身在何处。她一直觉得自己有一个墨西哥胃，很对胃口的食物似乎可以麻醉人的身份认同感。但也许这认同感来自玉米饼吃起来像小时候家里常常烙的饼，而仙人掌沙拉也味同小时候家里常吃的酸苦菜。离开家乡十几年，当她在美墨边境的天主教堂门口看到小吃摊上来自墨西哥瓦哈卡的一家人在炸一种自己从小就爱吃的油饼的时候，当时的惊讶和时空错乱的感觉让她明白了，所谓的"墨西哥胃"，也不过是这些似曾相识的食物和味道让 M 想起了自己位于黄土高原的家乡。无论是回家乡，还是在国内的某座城市，或是在国外，她总是一个"外乡人"，一个"局外人"。这种没有完全的归属感和认同感的无奈，也许只有在食物面前才会减弱。

饱餐后已是下午四点多。这里太阳落山早，朋友们的安全告诫和回程的边境关卡排队检查让 M 决定在天黑前开回到图森的亚利桑那大学。她算了算时间还能在小镇逛一个小时。把车速放到最慢，她随意地在小镇的路上开着，在一处记忆中的两层楼小别墅门口停了下来。M 想起自己再次来到这里的最初目的是想亲眼看看国内新闻里报道的边境难民潮是否涌入了记忆中的这个宁静的小城，想看看两年过去了，这里有多大的变化。记得两年前的春假，M和朋友一起开车来到这里，在街边看到这幢两层楼的小别墅门口有一高一矮两个白人爷爷在搬装修材料。朋友最擅长这种现场搭讪，于是熄了火就抓着M下车去攀谈。还记得高个子的白人爷爷自报家门叫Tom，性格开朗热情，是个包工头加房产商，承包了这个两层楼小别墅的改造和出售。他兴致勃勃地带着他们楼上楼下参观他的装修，都是典型的美国中产家庭的配置。记得Tom爷爷说，他在这个小镇住了几十年，栅栏这边和那边的朋友都有，从未觉得小镇治安混乱，也从没有觉得对面墨西哥的朋友们和自己有什么区别。他还热情邀请M和朋友下次来小镇，到他家去做客，他要带着他们四处逛逛。当时对M来说，素昧平生的白人爷爷的热情抚平了她第一次到边境的所有紧张情绪，他的那句"我们都一样"一直在她和朋友心里，久久难以忘却。两年过去了，很明显这套小别墅已经售出，门前花园里整齐的草坪好像刚刚浇过水，淡黄色的窗帘里好像有人在警惕地望着窗外。而Tom爷爷不知又在小镇的哪套房子里继续他的装修改造。

　　M开车离开了诺加利斯，车里音箱又响起邓丽君温婉的歌声。这一趟毫无波澜的边境之行对她来说更像怀旧旅行。汽车行驶的大地在1848年美墨战争之前是属于墨西哥的。诺加利斯的边境墙两边，是两个看起来相似却又如此不同的世界。M的博士研究主题是美国墨西哥裔历史与文化。她想到了自己近期论文里的一段话："1848年美墨战争之前，如今美国的加利福尼亚、内华达、犹他、亚利桑那、科罗拉多和新墨西哥等州都是墨西哥的领土。随着《瓜达卢佩—伊达尔戈条约》的签订，原本居住在这片土地上的墨西哥人一夜之间变成了墨西哥裔美国人。墨西哥人认为这些墨西哥裔美国人背叛了自己的民族，而美国主流社会也不接受他们。由于美墨两国的贫富差距和墨西哥革命与政治经济的不稳定，无论是合法还是非法移民每年通过边境大量涌入美国。如今的美国，几乎每一个城镇都有一个墨西哥人或者其他拉美国家人的聚居地。而在墨西哥和拉美其他各国的乡镇村落，这些移民从美国寄回来的钱养活了数以百万计的低收入家庭。遍布村镇的两层楼的房子也是这些国外寄回来的钱的证明。这些墨西哥裔美国人往往拥有双重公民身份，产生了新的身份和归属感。就如同每个人变成了两个自我，在墨西哥和美国，在墨西哥西班牙语和英语中拥有了平行的身份。""也许，下一次，我应该走过边境墙，去另一个诺加利斯看看。"M默默地想。

在天边火红的夕阳下，M经过边境关卡，边境警察拦下了她的车，例行检查所有证件，看似墨西哥裔的警察一边检查她的证件，一边用英语问她："女士，您车里有没有藏非法移民？""没有。"她回答。"好的，您可以通过了。祝您一路顺风。"

El día de muertos en México

面具下的活色生香：
在墨西哥过亡灵节

[中国] 陈倩文

"节日抚慰心灵，节日不可或缺。在那特殊的一日里我们冲破了日常的面具，忘却了往日的孤独与忧伤。"墨西哥诗人，诺贝尔文学奖得主帕斯（Octavio Paz)在《孤独的迷宫》里如是写到。墨西哥的面具带着沙漠的风尘，仙人掌的阴影，只有在某个节日里，那些逝去在西班牙铁蹄下的古老民族才会卷一袭活色生香，摇曳而来。中国人惯在《楚辞》与《诗经》中招魂，而墨西哥人却用歌舞与节日为亡灵献上盛大的弥撒。

初到墨西哥，想寻觅一份异国情调，然而来到大城市的人难免为其浓厚美国韵味的现代化外表感到吃惊与微微失望。一样的高楼林立，车水马龙。首都墨西哥城的老城区还保留着欧式殖民建筑区，那种典雅沧桑，一时教人吃不准自己是否来到了布拉格或是慕尼黑，只有在广场上伴着印第安鼓曲跳大神的艺人才用那独有的喧闹提醒你，欢迎来到羽蛇神的国度。

到首都的第一日，我去寻访市中心的大神庙（ El Templo Mayor ），满心计较着帕台农乃至圆明园的制式，正捧着指南在地铁口的一堵围墙边打转，保安俏皮地对我一皱鼻子："亲爱的小姐，大神庙就在您脚下！"我大吃一惊，才发现老鹰和仙人掌的标识——墨西哥的国徽。在墨西哥生活，往往有意料之外的时刻。这里是过去与未来交错之地，不需理性去追问，人们靠心灵与感官来生活。对于用舌尖承载记忆的游客，每个城市都独具一格：墨城海纳百川五味调和，瓜城有着海鲜的清甜，瓦哈卡则弥漫着肉桂与可可的芬芳……平日里，这个国家犹如她的美食——玉米粽子，需要你层层剥开外壳，方能一品滋味。然而若是幸运，契机会在节日来到，那一天，整个墨西哥都会掀起它的面具。

这是个典型的天主教国家，节日多如牛毛，其中顶有特色的还数亡灵节（ Día de los Muertos ），人们用鲜花与甜食来纪念亡灵，而这个临近万圣节的日子也算是基督教文明与土著文化融合的产物——今日的墨西哥文化正是这样诞生的。说起来，死亡在墨西哥文化中并非禁忌，受阿兹特克祖先的影响，墨西哥人认为生死乃是循环，死亡是生命不可或缺的一部分。亡灵节那一天，故去的家人将回到身边，共享节日的热烈。

记得当初在巴黎，我也曾走过拉雪兹公墓，领略过雨果

在节日里，人们用鲜花与甜食来纪念亡灵。

笔下"红木家具般的古色古香"；后来到柏林，路经郊外的社区墓园，草地苍翠恬静，如同一曲门德尔松。而我在墨西哥生活的那一年，不管到哪，都会路过各色有趣的墓地，比巴士上随风飘扬的小情歌还常见。往往就在路旁街角，一个挂着五彩花圈的小十字架，或是摆着慈悲圣母像的玻璃屋。初见时还不免吓一跳，路人好心，也是忍着笑告诉我："您看到的只是为了纪念，并不是真的有人埋在那下面。"

　　十月的秋风吹起，亡灵节将近，我所居的瓜城，空气里已经洋溢着节日的味道。邻居奶奶们忙碌地用炉子烤制甜甜的死神面包，大学办公室购进大批明黄与深紫色的鸡冠花用来装点，学生们则利用课余排练舞蹈，设计各式名人祭坛。我也做了张"中国的亡灵节"海报，介绍清明节与中元节。"中国人过亡灵节吗？"我告诉学生在中国的大城市里也过万圣节。"那你们为何仍然将死亡当作禁忌呢？""是的，不过我们有非常棒的清朝鬼故事集哦！"于是介绍了一番《聊斋志异》。"艾米老师，来，请你吃糖！"课后，一个透明的水晶骷髅糖被塞到了我手里，仔细一看真是栩栩如生，还有瓜子仁做的白牙齿，盛情难却，我只好收下。这也只有亡灵节才出品。中午学校还提供"亡灵节大餐"。主料有各色豆泥与牛肉做馅的玉米饼，搭配翠绿的仙人掌酱，就国人的口味而言，也还算丰腴可口。

　　日色过午，"学园祭"正式开始，精心装点的祭坛被一一

墨西哥亡灵节上的表演。

摆了出来，每个都放着已故名人的照片，从华雷斯总统到香奈儿女士，以此为主题。祭坛旁边，金黄、粉紫、深红的花瓣雪片样覆盖着相关祭品。学生之间还有竞赛，品评谁的作品更有创意。据说居民社区之间也会有展出和评比。草地上，树荫下，毛茸茸的美洲虎武士弹着吉他，玛雅小女巫三五成群游荡，还有几对彩色的幽灵就着乐曲翩翩起舞。而大街上的人群更是多姿多彩，他们戴着面具扮起各色亡灵游街，不时停下来品尝小贩叫卖的点心，啤酒和彩纸撒了一地。亡灵节的主角就要出场了。

主角在喧闹中被众人抬到花团锦簇的祭坛边上，袅袅婷婷披一袭婚纱，花环之下是一具一人高的森森白骨。听起来有点吓人。这就是墨西哥的死神新娘，名叫卡特里娜（Catrina），墨西哥人用自己独特的幽默情趣给她上了妆。我见过最精致的一具，掀起头纱来令人惊艳，两颊淡金，还涂着紫色烟熏妆。这位卡特里娜总是盛装等待的模样，仿佛只需一个手势，便会翩然与人共舞。这便是节日的王后了。

既然死亡不可避免，何妨向死而生。既然死神乃是常客，不如邀她起舞，共醉这片刻浮生。这就是墨西哥人的生活态度，"欢乐是一日，忧伤也是一日。不要为明天的面包发愁。一切都有上帝安排"。约会迟到乃是常态，做事永远不急不慢。在中国人看来有些"今朝有酒今朝醉"。然而墨西哥人也对我说"中国人工作起来就像永远不会去世，等他们去世了岂不是像从来没有生活过"。那一天和同事啜饮着玛格丽特酒聊着这些话题，不觉暮色桃红，晚上还有更热闹的舞会，有的要回家准备给祖先的祭品。对于中国人来说，清明节这样过也许难以想象。也许到了墨西哥，才能更好地理解"魔幻现实主义"。

这个国家有着永不消逝的过去和难以触摸的未来。辉煌灿烂的阿兹特克帝国，精致神秘的玛雅文明，三百年的西班牙殖民，继之以轰轰烈烈的大革命独立。它的文明曾被拦腰斩断，被遮盖与涂改，又生生演化出今日的混血民族；然而它与过去的联系从未消失，正如亡灵节里面具下露出的一角。时至今日，墨西哥人是否仍如帕斯所说"将骄傲埋藏心底，用乐天与散漫掩盖自己的多疑与不信任"？这个混杂多元的民族，在过去与未来之间，民族化与现代化之间，将何去何从？或许，这也是值得所有古老民族思考的问题。

Mi hermano indio

我的印第安兄弟

[中国] 张青仁

我永远都忘不了2014年10月26日，那是我第一次见到胡安的日子。那几天，久雨初晴的圣克里斯托瓦德拉卡萨斯（San Cristóbal de Las Casas）终于迎来了久违的阳光。此前的漫长雨季使我的田野调查无法深入，访谈对象的拒绝更让我困顿不已。百无聊赖之际，我骑着自行车，在圣克里斯托瓦德拉卡萨斯四周游荡着，借此打发无聊的时间，也希望能够有一些突破。

古老的圣克里斯托瓦德拉卡萨斯有着四百多年的建城史。早期的西班牙殖民者占领了城市中心的平原地带，形成了以中心广场为核心，东至瓜达卢佩（Guadalupe）大教堂，西至拉梅塞（La Merced）教堂的核心城区。在殖民者离开后，这片核心区域已成为混血的梅斯蒂索人（Mestizo）聚居的区域。由于无力承担高昂的房价，来自周边农村的印第安人多在城市北部的荒地和高山上搭棚度日，形成了圣克里斯托瓦德拉卡萨斯城市北部大片的棚户区。

　　既是出于对萨帕塔运动以后政府控制区内印第安族群生存境遇的关注，也是由于人类学研究中对与现代化隔离的他者的向往，陷入困顿的我一直在圣城北部印第安人聚居的棚户区内游荡。当我越过圣城北部的小河，经过一所名为辛那坎坦（Zinacantan）师范学校时，我突然发现学校旁边的巷子深处有一个封闭的小区。社区的铁栅门上挂着"圣达·卡达利那社区"（Colonia Santa Catarina）的字样，并画有一个镰刀状的图标。直觉告诉我，这个自治社区可能就是我期待已久的田野调查对象。

　　当我走到社区门口时，几个看守大门的印第安小孩指了指旁边"私人社区"的字样，禁止我进入。我用不太熟练的西班牙语跟他们解释，我来自中国，不是有意冒犯社区，只是想看看这个社区是什么样子。小孩用好奇的眼光打量着我，他们似乎允许我进入，但又有些疑惑，于是示意我在门口等着，一个小孩朝社区深处跑去。不一会儿，从小路尽头的办公室里走出了一个年轻人。他的皮肤黝黑，个子虽高但很是瘦削。他上身穿着一件白色衬衫，下身是一条黑色的裤子。还没等我说话，他便主动介绍自己，他说他叫胡安，是社区管理委员会的成员，询问我为什么来到这里。我跟他解释，我是一名来自中国的人类学者，我对这里的印第安人很感兴趣，想进入社区看看。我拿出随身携带的护照复印件。检查了我的护照后，胡安打开了大门，邀请我进入社区。

胡安和他的女朋友奥菲利娅。

在社区的办公室里，胡安正襟危坐，向我介绍自治社区的基本情况。自治社区的居民都是来自圣克里斯托瓦德拉斯卡萨斯周边的印第安农村，最远来自帕伦克（Palenque）的印第安村社。由于农村经济的破产，他们只得从农村来到城市。因为无法负担圣克里斯托瓦德拉斯卡萨斯高昂的房租，他们在城市北部的高山和荒地上搭棚度日。2009年，他的父亲玛利阿诺（Mariano）发现城市这里有一块空地，便率领无家可归的印第安人占领了这里。他们占领的行为遭到了政府的打击，三个月后他们在政府的火力威胁下被迫离开这里。由于印第安人境况的持续恶化，他们于2012年再次占领了这里，并建立一个以印第安人为主体的自治社区。胡安自豪地告诉我，从2009年至今，这里已经有1400多名印第安人聚居，成为圣克里斯托瓦德拉斯卡萨斯最大的有组织的印第安人居住的社区。当我问及自治社区是否与萨帕塔自治社区一样时，胡安摇了摇头，他告诉我，虽然他的父亲曾经参加过萨帕塔民族解放军，社区里的不少成员也曾在那生活，但他们和萨帕塔并不一样。

胡安不多的简介让我对自治社区产生了好奇，也让我坚定了以此为田野调查对象的想法。我向胡安表达我的想法，在沉吟很久后，他告诉我，他无法答应我的请求，只有等社区委员会讨论通过后，才能决定是否准许我进入自治社区。虽然有些失望，但我仍然很感激胡安，并满怀希望地离开了社区。

　　两天后，我接到了胡安的电话。他告诉我，社区委员会还没有通过我的申请，但他有一个小忙需要我帮助。两天后，他们会在圣克里斯托瓦德拉斯卡萨斯的大街上游行，抗议涅托政府削减医疗投入的改革。因为恰逢工作日，自治社区的居民都在上班，游行队伍没有足够的人手，他想以个人名义邀请我参加。我毫不犹豫地答应了他的请求，但我必须承认，我的加入并非出于对我和胡安交情的考虑，而是希望借此取得胡安的信任，为进一步的田野调查做准备。

　　虽然早已习惯了墨西哥人晚到的规矩，但我还是按照胡安约定的时间准时出现在圣克里斯托瓦德拉斯卡萨斯医院的门口。半小时后，胡安和他的同伴们乘着小卡车到达目的地。见我在一旁等候，胡安显得有些尴尬，连声跟我说着抱歉。胡安拿出一面旗帜，上面印着自治社区所属的公民组织独立协会联盟（Confederación Independiente Organizaciones—Asociación Civil，CIO—AC）的标志，并画着醒目的镰刀标识以及马克思、恩格斯的画像。见到这些物品，我脱口而出，"这些东西中国也有，我们从小就接受马克思主义教育"。胡安对此表示了极大的兴趣，他很好奇，中国的马克思主义究竟是什么样子。我们一边准备游行的标语，我一边向胡安介绍马克思主义在中国传播的历史以及中国共产党如何带领中国人民建立新中国。在胡安看来，以马克思主义为指导的共产党率领穷苦大众成立新中国的历史足以表明其支持弱者的左翼立场。听完我的介绍，胡安对我的身份产生了兴趣。"所以，你是左翼的共产党员。""是的，我是共产党员。"胡安伸出了他的右手，在充满力量的握手后，他说到，"所以，我们都是左翼的兄弟吧。"我能感觉到，胡安对我的所有疑惑都打消了。

从城市南郊的医院到市中心的广场，这次游行持续了三个多小时。胡安和我像久未谋面的老友一样，沿路不停地聊着。胡安告诉我，他是佐齐族（Tzotil）人，全名叫胡安·卡尔洛斯·黑麦内兹·韦拉斯科（Juan Carlos Jiménez Velasco），出生于1985年，自幼生活在恰帕斯州潘德洛镇（Pantelhó）一个叫作圣达·卡达利那（Santa Catarina）的村社。胡安的父亲玛利阿诺有15个小孩，他是家里老大。由于小孩太多，家庭生活非常贫困。玛利阿诺是一名幼儿园老师，也是一名坚定的革命者。他一直致力于改善底层印第安人的处境，并与剥削、镇压村民的村社酋长展开了激烈的斗争，甚至多次被投入监狱。1994年萨帕塔运动爆发后，父亲更是离开家乡，参加了萨帕塔民族解放军，直到1998年才回到家里，没过多久却又被投入监狱。特殊的家庭环境使胡安自幼就为家庭生活奔波，但同时也激发了他改变命运的斗志。虽然家庭条件很差，但他始终坚持学习。年幼时在村社教堂承担清洁工作，以此获得免费上小学的机会。小学毕业后，他来到了圣克里斯托瓦德拉卡萨斯，一边打工一边学

2017年3月24日圣达卡达利那自治村社民众举行缅怀胡安的游行。

胡安组织社区民众发起声援43名失踪学生的游行。

习，完成了初中和预科的学习。2006年，胡安考上了恰帕斯州最好的大学——恰帕斯自治大学（UNACH）。

收到录取通知那天，胡安非常激动，他决定犒劳自己。他走进了一家阿根廷牛排店，正准备坐下时，餐馆服务生竟然会因为他腰间披着的佐齐族传统的羊毛服饰而拒绝为他服务。"那是一种我无法忍受的侮辱，我离开那家餐厅，一个晚上都没有睡着，我决定反抗。"在那次事件后，胡安意识到，虽然经历了几百年的融合，但印第安人仍然是墨西哥社会主流族群梅斯蒂索人歧视的对象。他决定改变这一切。于是，他开始读切·格瓦拉（Che Guevara）和马科斯（Marcos）的著作，并将他们视为自己的偶像。在进入大学后，他更是成立了恰帕斯自治大学的左翼政治组织恰帕斯农民大众阵线（Frente Campesino Popular de Chiapas），发起了一系列反对歧视印第安族群的抗争运动。胡安的行为引起了学校的不满，在一次游行示威后，恰帕斯自治大学将他开除，距离他入学不到半年。但学校只开除了他一个人，这个组织的其他成员并没有受到任何处罚。"因为我是印第安人，其他的成员是梅斯蒂索人"。开除事件使他更加深刻地认识到墨西哥社会中种族歧视的严峻形势，也使他更加坚定了改变这一状况的决心。第二年，他报考了为印第安村社培养师资的"拉瑞萨师范学校"（Larranza），最终被顺利录取。从师范学校毕业后，他被分配到恰帕斯郊区奥体利奥墨塔涅（Otilio Montaño）小学任教。在工作之余，他继续组织和参加了政治组织，领导印第安人抗争运动。此外，他还协助父亲，在圣克里斯托瓦德拉卡萨斯创立了自治社区。"墨西哥社会的种族歧视已经根深蒂固了，只有持续不断的抗争才能改变这一状况，或许你可以给我们讲讲中国人是怎样革命的。"在讲完自己的经历后，胡安意味深长地感叹道。

在这次游行后，我和胡安的联系日益增多。胡安将我拉进了恰帕斯教师组织的 whatsapp 群内，关于恰帕斯州内政治斗争的消息源源不断从这个群里传出。在他的强烈推荐下，自治社区委员会最终同意了我的申请。在一次大会上，社区主席玛利阿诺将我正式引荐给社区成员，我开始了在圣达·卡达利那自治村社的生活。为了便于调查，自治社区委员会给我分配了一间小木屋。小木屋非常偏僻，没有卫生间、厨房等设施，甚至连床都没有。见此情形，胡安将自己的一间房子腾给了我，并为我准备好了床单、被卧。当胡安把房间的钥匙给我时，我真的被感动了，好似一个在外漂泊许久的游子找到了停留的港湾。安顿完毕后，胡安邀请我去他的家里吃饭，并让我称呼他的母亲为"妈妈"。就这样，在胡安的介绍下，我成了圣达·卡达利那自治村社的成员，也成为胡安母亲的第十六个孩子。

胡安工作的奥体利奥墨塔涅小学离圣克里斯托瓦德拉卡萨斯有着一个小时的车程。由于恰帕斯农村小学通常是两班倒的教学方式，即同一年级分为早上8点到下午2点，下午4点到晚上8点两个时段教学的模式，因此，胡安常常6点多就出门了，回到家里已是晚上10点了。这个时候常是墨西哥人晚餐的开始。由于与胡安住在同一屋檐下，我们时常在一起吃饭，有时也会外出喝点啤酒。

一天晚上，下班后的胡安邀请我到自治社区河对岸的一个小饭馆聚聚。我们点了一份卷饼和烤肉，就着啤酒吃了起来。也许是有些醉意，也许是心里有些憋屈，胡安突然问我："巴勃罗，你相信切·格瓦拉和马科斯的故事吗？"在拉美左翼人士眼中，切·格瓦拉和马科斯为了拉丁美洲的贫困大众奉献了自己的一切。在包括恰帕斯在内的拉美的广袤大地上，流传着许多关于他们近乎神一般存在的传说。平心而论，对于这些近乎神话的传说我始终抱有怀疑态度。我能理解革命的胡安对切·格瓦拉和马科斯的情感，但我不愿意盲目地表示认同。因此，对于胡安的提问，我迟疑了。见我迟迟未做回答，胡安不再追问。"不管你信不信，这样的人是真的存在的。我的理想就是成为他们这样的人。"见他如此一本正经，我只好尴尬地笑了笑。

见我沉默不语，胡安开始阐述他的革命理想：

"我们要通过革命，建设一个社会主义的国家。这个社会主义的国家不应该只是富人的国家，而且也是我们印第安人的国家。我们愿意团结一切愿意帮助印第安人的富人，我们排斥一切以自我为中心的富人。我看过《乌托邦》这本书，《乌托邦》里面描述的社会就是我们一直向往的社会主义的社会。这种社会的建立，只有通过我们不断的革命才能实现。我们之所以要实现社会主义的建设目标，不仅是为了改善印第安人的生存状况，更是对墨西哥和拉丁美洲甚至全球人类的考虑。我们知道，梅斯蒂索人是没有文化之根的，我们印第安人是墨西哥的原住民，我们种植植物，饲养动物，我们有自己的世界观，这些是我们墨西哥能够在全球世界立足的依据。这些都是来源于印第安人的。但是，我们印第安人却没有得到应有的地位，不断地被殖民者和统治者们掠夺、否认，所以我们印第安人的历史是充满斗争的历史，印第安人通过革命获得了土地，印第安人通过革命也能建立社会主义的社会。只有建立社会主义的社会，印第安文化才得以传承，墨西哥民族才能保存着他们独一无二的身份标识。"

谈到兴奋处，胡安甚至有些语无伦次了。平心而论，胡安几乎把他的所有时间都献给了政治运动。除了每天近十二个小时的教学工作外，作为公民独立组织协会联盟、恰帕斯农民大众阵线和自治社区的负责人，他每天要处理很多事务。墨西哥各地的新闻源源不断地通过 whatsapp 群组传递到恰帕斯。每周二的晚上 10 点，圣克里斯托瓦德拉卡萨斯各个政治组织的负责人都会组织集会，讨论当地印第安人族群运动的基本策略，并对墨西哥与恰帕斯当地局势的变化作出应对之策。这样的会议通常持续四个多小时，往往会议结束时，天已经快亮了。一旦遇上突发事件，胡安还会组织民众发起示威游行，这一过程牵涉到与其他组织的协调等诸多事宜，常常需要讨论一个晚上。我时常因为疲惫在会场上睡着，但每一次胡安都会主持讨论到最后。会议结束后，胡安没作任何休息便马不停蹄地投入到紧张的教学工作中去。

　　年轻的胡安热爱工作，但他更热爱他所生活的这个社区，热爱和他朝夕相处的同族人以及哺育他的印第安文明。自治社区的很多家长来自偏远的印第安农村，他们没有受过任何教育，也没有一技之长，来到自治社区后，整天无所事事。他们的小孩，也因为没钱办理出生证明，无法享受免费的义务教育。胡安对此非常痛心。自治社区成立后，胡安便挨家挨户帮助这些家庭寻找谋生出路。对于家中男性，他常常鼓励他们上街贩卖蔬菜、水果，并通过其他组织帮助他们寻找建筑小工的机会。"哪怕是最差的扛着货柜卖香烟、零食，一天也有一百比索的收入。"对于女性，胡安鼓励她们前去旅馆应聘服务生和保姆的工作，或者是将他们介绍到城市的旅游公司，让她们在家里绣制传统印第安纺织品。"我们要工作，只有工作才能够自食其力，不工作，等着别人的施舍，我们永远都是被人瞧不起的老鼠。"在他的帮助下，大部分的印第安家庭都找到了固定的工作。有了固定的工作，孩子们也有钱办理出生证明，进入学校学习。"印第安人不是被社会抛弃的弱者，而是要学会适应社会的发展，在墨西哥社会占有一席之地。"胡安常常像一个领袖一样告诫我，告诫与他朝夕相处的族人。

在圣达·卡达利那自治村社，胡安的父亲玛利阿诺是自治社区的负责人。长期的革命斗争使得他性格非常强势，虽然自治村庄设立了社区委员会，建立了社区委员会集体决议的制度，但在重大事情上常常是玛利阿诺一人决策。胡安对此非常不满。一天晚上，胡安跟我吐槽他的父亲，"我真希望他再多坐几年牢，那样他就能想明白了"。这几天有一位佐齐族的单身妈妈希望能够入住自治社区，社区委员会已经批准了她的申请，但玛利阿诺并不同意她入住，而是将这个名额给了另一个印第安人。"并不是说其他人不能入住，只是她有两个孩子，又没有丈夫，我们应该首先帮助她。何况社区委员会已经通过了她的申请，玛利阿诺一个人却推翻了大家的决定。他真的是一个独裁者。"胡安愤愤地说道。"为什么玛利阿诺会同意另一个人的申请呢？""为了钱，那户人家能够给玛利阿诺两千比索，所以玛利阿诺才同意他的申请。"说到这里，胡安的脸上满是愤怒。

作为一个革命者，玛利阿诺付出了太多。数十年的光阴都在革命、监狱里度过，他不仅牺牲了自己的青春，也牺牲了自己的家庭。但是，底层的出身使玛利阿诺沾染了一些不良习气，比如一意孤行的独裁行为，偶尔利用职权的贪污，这不仅包括前述收取一定的入场费，甚至每次前往墨西哥城抗议示威，他亦要求每个家庭付出二十比索的赞助费，这些经费的使用从未公开。玛利阿诺甚至认为，来自中国的我肯定有着不菲的收入，他曾数次要求我帮助他和社区的居民。与玛利阿诺不同，胡安受过完整的大学教育，且对社会主义思想有着清醒的认知。他能够彻底地抛弃父亲身上的小农思想，全身心地投入到革命斗争中去。因此，他对父亲的行为非常不满，认为完全有能力支付开销的父亲却要求社区成员资助其斗争的行为是另一种剥削，而父亲这次因为两千比索入场费剥夺另一户更为窘迫的单身母亲的入住申请更是彻底激怒了胡安。在一次激烈的争吵后，胡安与父亲不欢而散。此后的两个月里，胡安和父亲一直处于冷战的状态，即便是在同一张桌子吃饭，彼此也没有太大的交集。一天晚上，当我们一起吃饭时，玛利阿诺再次询问我是否愿意帮助印第安人时，胡安朝我使了个眼色。饭后，胡安很郑重地问我，"巴勃罗，我知道你可能有钱，我也知道你愿意帮助我们，但是，你下次过来的时候，请你务必不要把钱给我的父亲，因为我的父亲肯定会扣掉一些。所以，我们一起开车去超市，把钱都换成物品，这样，我的父亲就没法扣了，他也不会生气。"

我离开圣克里斯托瓦德拉斯卡萨斯的前一天晚上，我和胡安又一次在社区对面的酒吧里喝酒。这一次，胡安向我阐

胡安在圣克里斯托瓦德拉卡萨斯中心广场的葬礼。

释了他的革命理想，他要以圣达·卡达利那自治村社为样
板，建造一个不同于萨帕塔民族解放自治区的、更大范围的
印第安自治市，让所有的印第安人都能够住上房屋，人们都
有工作。虽然人们会说西班牙语，但是印第安语言和文化得
以保留，人们之间互帮互助，印第安人美好社会的愿景得
以实现。"这个梦想并不遥远，巴勃罗，也许当2016年你再
次回到这里，我们就已经实现了。"看着胡安充满希望的目
光，我的脑海里出现了一片繁荣的景象。

回到中国以后，虽然与恰帕斯相隔万里，但我常常通过
whatsapp获得自治社区民众的近况。2016年3月26日，忙碌
完一天的我正准备睡觉。突然，whatsapp传来一条消息。恰
帕斯另一政治组织教师协会的负责人何塞发来消息："巴勃
罗，胡安两天前永远地离开了我们，我们现在正在墓地，
准备将他埋葬"。如同晴天霹雳，我思维在那一瞬间彻底停
止。我打开与胡安的whatsapp聊天账号，上面显示着最后的
登录时间是在两天前。群里关于胡安遇难的消息也不断传
来。通过这些只言片语的信息，我得知，在政府驱逐社区民
众后，胡安率领无家可归的印第安人发起了持久的抗争运
动，由此引来政府更大的不满。迫于舆论的强大压力，各级
政府并没有直接采取措施，而是继续雇佣恰帕斯地方社会的
两个准军事组织，对参与抗争的民众进行威胁。早在2015年
的11月，胡安就已经收到了准军事组织的死亡威胁，但他据

理力争，没有任何妥协。在2016年3月24日的早上，当他开车前往学校上班时，被"恰帕斯传统市场和承租人协会"和"为了更好的恰帕斯环境协调组织"的人员围堵在城市东边的小巷子里，他试图打开车门，却发现车门被人死死地按住。最终，胡安身中九弹，死在了他的车里。彼时，我正坐在天桥剧院里，欣赏着中拉文化交流年的开幕式表演，我最爱的墨西哥玛利亚奇的演出正在上映。

虽然我离开自治社区的日子已经过去了一年多，但我时常会想起那天晚上胡安和我关于革命英雄是否存在的谈话。我很想告诉胡安，在认识他以后，我不再怀疑拉丁美洲关于革命英雄的传说。因为在他身上，我看到了一种超越人性的无私奉献与舍我抗争的精神，看到了拉丁美洲印第安人跨越千年的理想主义的激情，我更看到了在这种精神下印第安文化传承至今的动因及其在不远的未来复兴的希望。我相信，在胡安去世后，恰帕斯印第安民众的抗争并不会停歇，印第安族群与梅斯蒂索族群和谐共生的社会途径必将出现，整个世界也必将铸剑为犁。

胡安去世后，在自治社区生活的日日夜夜总会出现在我的梦里，其中最多的一幕是在圣诞节的晚上，胡安戴着印第安人的大盖帽，穿着笔挺的西装，弹着吉他，唱着他喜欢的歌曲《恰帕斯充满着爱》：

我来自丛林与山泉，

我来自琥珀与珊瑚之地，

我是平原的河流，是美洲豹，

我来自森林与湿地，

我来自甘蔗和产盐之地，

我来自珍贵的孔雀之地，

我来自连绵的阴雨中，

我是格查尔鸟羽毛上的光泽，

我是一首来自丛林的歌，

我是伟大的玛雅人，是丛林里的大嘴鸟，

伴着木琴的声音前行，

我和兄弟们唱着崭新的歌曲，

我是恰帕斯，太阳的子女，

我是恰帕斯，上帝的奇迹，

我是恰帕斯，永生的土地，

我是恰帕斯，和平的象征，

因为我们是有着历史的人民，

我们应该创造历史，

因为我们是恰帕斯人，

我们必须带着这份属于我们的骄傲，

接受来自或远或近的拥抱。

Tan lejos la nostalgia

最遥远的乡愁

[中国]陈倩文

离开智利已数月有余，然而太平洋的光影与安第斯山的雪色却总是笼上心头，让人泛起淡淡的乡愁，呵，怎不是一个留得住乡愁的地方。在首都圣地亚哥(Santiago)居住的岁月里，我总是骑着单车"小黑"穿行在这林荫覆盖的城市，那时天色碧蓝如洗，鸟儿的声音在洁净的空气里滴落，优雅素净的民居提醒我这里是德裔移民的第二故乡，萦绕街区的紫藤香气至今让我魂牵梦萦。年后不久，自梅里诺机场起飞，在巴黎中转的银鸟便载着我回到了上海，三十个小时的间断飞行穿越三大洲，正对应了那句"坐地日行八万里"。智利，不愧是离中国"最遥远的国度"。

从最南的冰川到最北的沙漠，这遥远的国度留下了我不尽的行踪与思绪，这里的每一道河流每一块石头都仿佛带着天地初开的纯净。难忘翡翠与祖母绿镶嵌的巴塔哥尼亚高原（Patagonia），难忘海浪打翻的调色盘瓦尔帕莱索（Valparaiso），还有阿塔伽玛沙漠（San Pedro de Atacama）

的璀璨星空，以及恍若跳脱于高更笔端的世外桃源复活节岛（Isla de Pascua）。印象最深的，还是那里浓厚的人情，不紧不慢的生活节奏，以及友善而严谨的人们。犹记得教堂钟声里朋友披着婚纱的温柔眼波，犹记得9月16日国庆的昆卡舞悠扬，犹记得新年家家洋溢的欢声笑语。这是一个"小而美"的国家。

南美诗圣，诺贝尔文学奖获奖者聂鲁达（Pablo Neruda）曾以这样的深情形容他的祖国："这是个宝剑般狭长的国度，夹在世界上最宽阔的大洋和最雄奇的山脉之间。"而多少人打开地图，方能在神秘的南美大陆寻到这个西语国家的所在。处秘鲁之南，阿根廷以西，智利的西班牙语名正是Chile，即辣椒之意，取其国土形状。幽默的智利人总是自我介绍："咱和周围的南美邻居不同。"几杯酒后再不动声色地感叹："说真的，我们的日子比阿根廷好多了。好多秘鲁人和玻利维亚人都来智利打工呢。"

智利人口1860万，城市规划精致，可类比为南美的日本。事实上，它既是南美的第一个经济合作与发展组织（OECD）国家，也是亚太经合组织（APEC）的成员国，经济发展水平和政府清廉指数都位居南美前列。这个国家依山傍海，多矿产，亦多地震。记得刚到智利的某天深夜，我正躺在床上读诗集，忽然窗外的柠檬树和窗户一起开始颤动，还以为是聂鲁达显灵，直到室友赶过来说无须惊慌，这里大部分的建筑都是防震的，哪怕2010年的八级地震，600万人口的首都也伤亡极微。稍停，她开玩笑提议："为了庆祝你在智利的第一次地震，来喝一杯？"于是伴着方才地震的余惊，我抿进了新世界的第一口葡萄酒。看瓶子是本地产的红魔鬼牌，我告诉她这酒在中国如今兴盛的电商上卖得很火，室友惊奇："真的？我们总算可以恢复点贸易平衡啦！再干一杯哈！"她随手又调了杯terremoto（西班牙语的"地震"），"慢慢喝，这酒入口甜，但是很容易一下子就让你醉倒在地，就像地震一样哦！这是我们的国酒！"那晚就着烛光我们聊了很多。

第一场讲座，一位特殊的学生

作为一名访问学者，此次赴智利游学，我也承担着中拉文化交流的任务。我的第一场讲座便是在智利天主教大学的多克学院，主题为中国旅游与传统文化，在精心准备的幻灯片介绍和互动环节后，还留了十分钟给学生提问，问题五花八门："汉语为何有繁简体""北京是否污染严重，请介绍一下贵国的环保政策""我们去留学后可以在中国工作吗"。对于这些问题，我都尽力作了讲解，感觉大家有些意犹未尽。

一位学生在讲座后找到了我，他在轮椅上绽开年轻的笑脸。我们选了家大学路的咖啡馆，坐在远眺雪山的阳台暮色里，伴着轻快的拉丁音乐聊天。"老师，我哥哥出差去过中国南京，他很喜欢那里。中国太大，太远，同学都很好奇，您别见怪。话说，我们国家也有很多待解决的问题，比方贫富差距，您别看圣地亚哥有这些高档社区，郊外也有人住在纸盒子里。还有，我们的优质医疗跟私立教育都很贵，这两天年轻人都在抗议大学学费涨价。您问将来的打算？嗯，我打算和哥哥一起学中文，做国际导游去北京上海看看哦。"晚风吹过头顶沙沙的蓝花楹树，吹起他怀中的书页，我在包里找到一枚熊猫冰箱贴送给他作为礼物。"艾米老师！我要去中国哦！"后来每次在校园穿行，都能看到他远远挥动书本，笑得一脸灿烂。智利政府对于残疾学生有着诸多扶持政策，从入学到就业都提供许多帮助。

南部的春天——牛肉小馅饼和南部妈妈

"要小心我妈哟，她是典型的南部老妈。"出发前，笑起来有着小酒窝的年轻同事玛丽亚跟我叮嘱，"在智利，南部的妈妈都很热情，每个都有几道拿手菜，客人吃得越多吃她越高兴，但也很强势哟，一家大小都归她管。"说着对我眨眨眼。玛丽亚是北上来到首都的年轻老师，从荷兰留学归来工作。她既喜欢圣地亚哥的热闹生活，也眷恋自己在南部的老家，总说有机会要带我去看看。如果说智利的北部是"狂野沙漠"，那南部便是"田园牧歌"，在路上我才懂得了这句形容。

智利南部小镇沿湖风景。(供图 安薪竹)

智利国家博物馆外景。(供图 安薪竹)

十月份是南半球的春天，我们循着春光去南部访问。在首都坐上带WiFi的双层大巴，沿着高速公路穿过中央山谷无垠的葡萄园，一路领略巴塔哥尼亚草原沁人心脾的绿意，六小时后，就到了智利的故都康普西翁塞（Concepcion），有着淡淡西班牙风情的白色海滨小城。那就是玛丽亚时时不忘的故乡，简称康城。说是故都，是因为它曾数次毁于地震，又不断新生。

穿过一个又一个古老的广场，喷泉和小巷，计程车在一栋白杨树围绕的蓝房子前停下来，刚一抬头便让我吃了一惊，有面"ISIS"的招牌正迎风招展，玛丽亚笑道："天啦，这不是中东那个，是伊西丝女神，我妈去过开罗，喜欢古埃及文化。"这位环游过世界的妈妈正在隔壁自家的伊西丝制衣厂处理订单，晚饭我们就在那航海日志般的家里，就着热汤吃上了她的拿手菜"奶油罗望子三文鱼"。"艾米，我可是沾了你的光，一般她都忙得让我们吃馅饼。"同事笑称。而这位纤细优雅的南部妈妈娇嗔道："玛丽亚，喝你的汤，咱家的牛肉橄榄小馅饼是谁每回都吃得精光？"形似嫩牛五方的小馅饼（empanadas）是当地人人都会的家常菜，每次都在回忆中冒着黄油的诱人香气。玛利亚的妈妈可以说是智利女性的典型，对于事业和家庭有着自己独到的平衡方法。

智利旅行——出租车司机的八卦之心

在智利旅行，搭乘各色的交通工具都安全方便，不论公交、地铁或飞机，价格比中国稍贵，比方一张市内公交车票为700比索(约合人民币7元)。智利的公共交通给人留下的总体印象是安静整洁，特别是在南美国家难得地守时。乘客可用手机软件查询公交到站信息，而搭乘智利本国的智利国家航空更是舒适。我日常接触最多的还是圣地亚哥的出租车司机们，一旦发现你会讲西班牙语，个个热情健谈。他们的八卦简直无所不包，从巴切莱特（智利首位女总统）的前男友下落，智利各行业的薪资，眼下最火的拉美电视剧，到怎样做一盘正宗的智利海鲜饭等等。的哥大叔们无一例外地会感叹："现在来的中国游客越来越多啦！"

在圣地亚哥的最后一天，我在家门口等候TransVip，就是网络预定机场出租车。车如约而来，相互问候之后，司机大叔打开话匣子："您是来旅游吗？西班牙语讲的真好！哦，上海我知道，两千多万人口，远东金融中心嘛！"一路聊着，路上还要捎一位乘客，停下后却迟迟不见人影，司机边打电话边做鬼脸："您瞧这磨蹭的劲儿，不愧是我们南美人，要我说还是你们亚洲人有条理，怪不得中国经济世界第二了！您再看这位，箱子指不定没打包呢！"没过几分钟，一位婀娜美女从楼里出来，上车一聊，原来是位哥伦比亚姑娘。司机大叔又兴致勃勃地开始八卦"为什么哥伦比亚尽出美女，到底哪个城市的最漂亮。"临走前，他带着憨厚的笑意向我们挥手："再会啦，姑娘们！有空要再回来啊！"

　　"你像古老的道路一样收敛事物／你被回声与怀乡的声音笼罩／我醒来，有时在你的灵魂中沉沉睡去的鸟群逃离并且迁徙而去"。每当回想智利的时光，翻出手边的《二十首情诗与一首绝望的歌》，南美式海潮般不安的恋慕，总是轻笼着安第斯山的宁静。那一份最遥远的乡愁，如同星空下的皮斯科酒，时时绽放在心头。

Las olas se pierden en Rapa Nui

海浪走失在拉帕奴依

［中国］陈倩文

　　阵雨又一阵风，海的尽头挂起一弯彩虹。云的彼端，舷窗外出现一个褐绿色的小点，在眼前不断放大。从智利首都圣地亚哥的机场出发，向西飞行五个小时，我们即将抵达一座传奇的海岛。飞机稳稳地降落在许是世界上最小的停机场。随着舱门的开启，一股湿润的海风便扑面而来，染得人一身葱茏绿意。比之雪山脚下的圣地亚哥，这南太平洋的气息少了分清冽，多了些许醉人的软暖。脚踩红色的火山土壤，触目是无尽的芊绵绿草，海浪在远处低吟。身旁的智利朋友喃喃道，Rapa Nui（拉帕奴依）舌尖缠绵打个转，如同默念心上人的名字。这是当地的波利尼西亚语，意为"地球的肚脐"。相比蜚声海外的复活节岛（Easter Island），本地人更喜欢这么称呼自己的家乡。

　　这里是真正的天涯海角。还是小时候，在连环画上第一次读到这个岛屿的传奇，据说是荷兰探险家船长发现的，岛上风景绝美，却荒无一人，且有各种古怪遗迹。此外便余一排排高大的石人，面朝大海，春暖花开，却沉默不语。船长便以发现岛屿的日期为它命名。后人无从推测石人的由来，只得视为外星文明的手笔。它远离南太平洋的一切岛屿，离智利本土也有三千多公里，简直是遗世而独立。

后来我作为访问学者到了南美，在大学校园的主题美食节上，品尝过复活节岛的小吃。一道道烤肉蘸着各色味道奇异的酱料。印象最深刻的，却是一旁清凉打扮的花环少女们，随着音乐翩翩跳起岛上的土风舞，纤臂高抬身宛转，眼波流转间无限风情。同事告诉我，这舞蹈有来头。

话说每隔四年的春分时节，复活节岛上都会举行鸟人大赛，部落中的年轻人在通过跳水、潜泳、攀岩等各项比赛的考验后，还要躲避鲨鱼。最后过关的那名幸运勇士，在拿到对岸峭壁上最高的那枚鸟蛋后，将得到所有少女的舞蹈欢迎，并顺理成章成为岛上下一届的酋长。末了她嫣然一笑补充道："我就是在这岛上长大，有机会一定要去看一看哦，那里有着和大陆截然不同的文化。"这更激起了我的神往。

前往自然孰非易事。智利是距离中国最遥远的国度，复活节岛更是远离大陆，大多数南美人也很少到过这里，虽然和大多数朋友谈论起来，他们都会流露出"此生必去之地"的神情。赶着机票打折，终于和友人约好来一窥这座神秘海岛的究竟。

刚出机场，我们就被人套上了一个花环，惊喜之下发现，原来是岛上民宿的店主马丁大叔，事先已经用电邮联系过。满头卷发的他一路哼着歌儿，开车载我们到他家，一座位于岛西南的小小庄园。用过晚饭，我们在铃兰飘香的庭院里，喝着淡啤酒，听马丁先生讲了一晚上家族的故事。"这旅馆是我的家，Cinco Princesas 这名字的意思是五公主。我和太太曾经收养了岛上的五个小女孩……"虫声唧唧，拉帕奴依的夜晚，编织着旅人的梦。

第二天一早，我们就开始研究地图，岛西边是层层的山脉，有小路通向火山口。在岛上的交通主要依靠自行车，也有手动挡小车出租。我们的车就沿着东边的海岸线自南往北，环岛一圈约莫要一个白天。岛上的中心小镇杭加罗阿（Hangaroa），有间小教堂，自然也有墓地，就在海岛的东端，掩映在接天芳草和苍蓝的海水之间；还有小小的邮局，在这里寄出的明信片，邮戳与众不同，是一只大大的莫埃（moai，土语"石像"之意），是戴着帽子的长鼻子，神态有些天然呆。

开车沿着红色的土路，我们一路向北，不断有各色的野马拦路，猜测应该是有主的马儿，然而散养在岛上也不怕丢。看着自由自在的马儿们梦境一般掠过，在细雨中结伴奔驰，庄子的名句在心底浮起，"野马也，尘埃也，生物之以息相吹也。"这天地如同万物的旅舍，生物本就各安天性。放眼一望，南太平洋的天空苍苍而无所至极，蓝得能洗去心上的尘埃，让人的眼睛无处安放。天边的云朵也是形状奇异之至，如同博尔赫斯所说，那属于在我出生前的黄昏，一朵

海浪走失在拉帕奴依

玫瑰的记忆。

　　长长的堤岸有海浪温柔拍打，沿途不时能见到一只落单的石像，顶着红色的石头圆帽，一脸严肃而寂寞的表情。石像们都是扁平的脸，单眼皮兼长鼻梁，与岛上的居民长相迥异。再往前开，地图上有标记的所在我们都会停下来一看，大多是考古遗址。图案是各种神话般的生物，有石头上刻着的长尾猴，或是沙地上的天堂鸟，更多的是一排六七个的石像，按照高矮排成一排。有意思也令人不解的一点是，远处高山上的石像都面对着海，岸边的却都是背朝海洋。不论有多少未解之谜，地上若有伊甸园，拉帕奴依无疑是造物主精心造就，又不慎遗失的那一座。

　　岛上的原生态毫不见斧凿，那一份自然之美就已动人心魄。有时沙沙一阵细雨，立刻天晴，金色的阳光穿透云层斜射下来，海水带着冰蓝色，拍击着陡峭的岩岸，一起一落间带起纯白的浪花，群山在烟雾中显现天堂的名字。我不由对朋友感慨，如果下辈子是个海盗，老了就在这个岛隐居，对着这样的风景喝酒，才不辜负一生的往事。朋友取笑我："想法不错啊，你可知二战一结束就有好多躲避历史责任的德裔移民已经先你一步逃到南美了，在石像旁挖个洞，说不定能找到本二战回忆录呢。"

　　抵达岛屿最北端，眼前便是岛上最美丽的马卡莲娜海滩，白沙碧水，棕榈树林掩映着一排石像，一下令我想起了墨西哥的玛雅遗址。有个大叔坐在树下，不疾不徐用小刀雕刻着石像，想来是卖给游客的。我们聊了一会儿，又知道了更多石像的历史。最古老的莫埃源自公元前1000年，背后有部落的花纹，象征大酋长。谁也不知道建造的源起，也许是祭祀需要，也许是部落竞争。慢慢地这岛不再适合人类生存。原住民灭绝后，如今的居民又泛舟东来，主要来自波利尼西亚群岛。"你们是日本人吗？这岛上的石像损坏了，有日本的公司出钱来修。"大叔问道。我们告知不是，他仍然热情地请我们吃糖，是白色的椰子糖，做成小莫埃的形状。

天色渐晚，我们赶回小镇杭加罗阿。正值岛上的孩子们放学归来，一个个有着蜜糖色的肌肤和大眼睛。小小的海湾旁，一艘艘渔船披着夕阳满载而归，渔民们在晚钟里拖上网回家，岸边的木屋酒吧里溢出煎鱼的香味和拉丁音乐。自上20世纪60年代旅游业发展起来之后，岛上的居民达到了两千多人，然而仍是慢悠悠的生活节奏。

告别时分，听到合影的请求，旅馆店主的太太露出少女般娇俏的神情，取下发髻上簪着的热带兰花送给大家。我们在车窗挥手，看她轻轻地用手摸了下胸口，又指了指天空。马丁解释说，在岛上的意思是，再会啦朋友，期待重逢，也许要到天堂的那一刻。

也许不用到天堂。这一生中的某日，我曾和海浪一道，走失在拉帕奴依。

作者介绍

欧占明

笔名海鸥，阿根廷探戈学者，阿根廷国家探戈研究院研究员，阿根廷驻华大使馆文化外交推广品牌卡洛斯·加德尔探戈学校负责人，使馆文化顾问。译著:《探戈艺术的历史与变革》（中国第一本探戈学术专著），《探戈社会见证者》，《皮亚左拉》。编著:《探戈艺术的中国之花——探戈在中国的发展》。

芥末（Guillermo Bravo）

阿根廷人，作家、编辑、首都师范大学西语教师，创办了Mil Gotas仟雨集西语书店。

萨尔瓦多·马里纳罗（Salvador Marinaro）

阿根廷人，博士，复旦大学西语教师，中西双语文学杂志Chopsuey的编辑。

路易斯·坎蒂略（Luis Cantillo）

哥伦比亚人，博士，四川大学西班牙文系教师，2019中国–哥伦比亚纪念封主图《王者之香》创作者，哥中友协《中国之友》编辑，中哥文化交流杂志《太平洋潮波》主编。

薇薇安娜·拉米雷斯（Viviana Ramirez）

哥伦比亚人，商人，2019年以成都国际友好城市公务员身份在四川大学学习汉语和中国文化。

史维

博士，四川大学西班牙文系主任，四川大学拉美研究所负责人，中国拉丁美洲学会理事，美国亚利桑那州立大学访问学者。

陈倩文

博士，中国社科院世界经济与政治研究所助理研究员。

张青仁

苗族，博士，中央民族大学民族学与社会学学院副教授，国家民委区域国别基地"拉丁美洲社会文化研究中心"主任，中国拉丁美洲学会理事，中国拉美史研究会理事。

致　谢

　　本书从构想变成现实经历了一年多的曲折。现在能顺利出版，归功于大家的理解、支持和共同的努力。

　　我们特别感谢四川文艺出版社编辑们的耐心和坚持。回想这一年多来，我们一起开过了无数次专题座谈会，面对出现的各种状况和问题我们彼此鼓励安慰，寻找解决的办法，其中艰辛，如同每次在出版社楼下咖啡厅开会，我和芳念都会点的山竹马黛茶一般，口味稍有苦涩，回味却极为甘甜。

　　我们特别感谢为本书作序的巴西弗鲁米嫩塞联邦大学孔子课堂中方负责人乔建珍院长。她在国内和巴西的时差中坚持繁忙的线上讲座与各项工作之余，欣然接受了我们的作序邀请，为本书写下了感情真挚的精彩序言。乔院长是中巴民间人文交流的使者，被圈内人亲切称为"乔大侠"。乔院长的故事值得我们在下一本书里慢慢讲。

　　此外，我们需要向使得本书能以高质量出版的几位默默无闻的奉献者——西文的译者们致以特别的敬意。他们是译者陈逸帆、黄瑞媛、万宇青、张臻。感谢他们认真出色的翻译。

自2015年起，因为拉美所的工作与交流，我们有幸认识了许多勤奋、乐观、善良、认真、专业、有情怀的拉美研究中外学者。在本书的征稿过程中，我们得到了许多中拉学者的积极支持，他们除了提供稿件，也给予了我们许多宝贵的建议，在此向他们一并表达我们最真诚的感谢。特别感谢中国社科院拉美所阿根廷中心主任郭存海博士，在本书的编写遇到困难的时候，给予我们的鼓励和中肯建议。

本书编辑出版的时候，全球正面临肆虐的新冠疫情，拉美疫情尤为严重。中拉人民守望相助，携手抗疫。这几个月，每一句远隔重洋的问候，每一份不分昼夜时差的关心，每一份在四万里的山海之间往返的防疫物资，点点滴滴都在讲述着我们"命运共同体"的故事。让我们共同祈祷全球早日战胜疫情，我们期待在布宜诺斯艾利斯市中心广场的蓝花楹树下，或是在成都川大校园的银杏树下，互道一声："好久不见，甚是想念。"

主编：史维
副主编：李詠
2020年7月　成都